U0058929

耕莘文叢
02

耒 井廾辛

白　靈
夏婉雲
主編

一部長達五十年的時光之書

耕莘 5° 詩選

【總序一】
眾神的花園

陸達誠（耕莘青年寫作會會長）

多年前，聯合報副刊前主編瘂弦先生曾戲稱副刊是「眾神的花園」，此稱殊妙，聯副的作者與讀者一致叫好。

筆者初聞此語，立刻想到「耕莘青年寫作會」，這詞拿來形容本會再恰當不過。「眾神的花園」一語如憑虛御風般攜我們回到二千五百年前的希臘，看到的是：香氣撲鼻的萬紫千紅、纍纍碩果、藍天白雲、和煦太陽。這些描寫的確突顯了副刊的特色，眾神遨遊其間，得其所哉。耕莘寫作會何嘗不是如此，眾多的神明（老師和學生）漫步遨遊其間，樂不思蜀。耕莘寫作會與聯合報副刊的規模固然不可同日而語，但確有類似之處。

1963年耕莘文教院在台北溫羅汀文化區（台灣大學附近的溫州街、羅斯福路、汀州路）落成。院內除了住著在大學授課的十多位神父外，還有英美文學圖書館、心理輔導中心、原住民語言研究中心、多媒體教室、展演用的大禮堂、不少教室、中型聖堂、以及大專學生的活動場地。它很快地成為台北年輕人最愛的文化中心之一。

四年後（1966年），耕莘創設了兩個社團：一個是深入山區窮鄉僻壤耕耘的山地服務團，另一個即是可譽為「眾神的花園」的寫作會。兩會的創辦人是美籍張志宏神父（Rev.George Donohoe, S.J., 1921-1971）。該二團體甫成立即為耕莘帶來大批青年才俊，使原本安寧、靜態的房子充滿了喧囂嘻笑之聲，一到四層樓變得年輕活

潑。隨著各種講座的開設，文學的氣氛亦變得濃厚起來。

為了解這個文學花園的特色，我們要稍微介紹這位創辦人。張神父創辦寫作會那年約四十五歲，在台師大英語所授課。他左眼失明，右眼弱視（看書幾乎貼鼻，他最後一次回美探親時，學了盲人點字法），聽覺味覺均欠佳。這樣一位體弱半老的人如何會有此雄心壯志，令人不可思議。

張神父在1971年2月寒假期間，帶了一百二十位年輕人去縱貫公路健行，因躲閃不及被一輛貨車碰撞，跌落崖谷去世。追悼大會在耕莘文教院的教堂舉行，悼念的人擠得水泄不通。筆者願意引述下面數位名作家的話來說明張神父給人留下的印象。

謝冰瑩女士用對話的口吻說：「張神父，您在我的心中，是世界上少有的偉大人物，您是這麼誠懇、和藹、熱情，有活力。」（《葡萄美酒香醇時：張志宏神父紀念文集》，1981，頁2）

朱西甯先生說：「初識張公這麼一位年逾花甲[1]的老神父，備受中國式的禮遇——那是一般西方人所短缺的一種禮賢下士的敬重，足使願為知己者死的中國士子可為之捨命的。命可以捨，尚有何不可為！我想，這十多年來，耕莘青年寫作會之令我視為己任，不計甘苦得失，盡其在我的致力奉獻，其源當自感於張公志宏神父的相知始。」（頁11）

張秀亞老師記得張神父如何尊師重道。她說：「為寫作班講過課的朋友都記得，課間十分鐘的休息鈴聲一響，著了中式黑綢衫的您，就會親自拿著一瓶汽水，端著一盤點心，悄悄地推開黑板旁的小門走了出來，以半眇的眼睛端詳半晌，才摸索著將瓶與盤擺在講

---

[1] 張神父去世時僅五十歲，朱西甯先生說「張公年逾花甲」，是因為寫此文時正值張神父去世十週年，冥壽六十，六十年為一甲子，故可稱「年逾花甲」。

桌上。下課後，有時講課的人已走到大門外，坐進了計程車，工作繁忙的您，卻往往滿頭汗珠的『追蹤』而至，您探首車窗，代為預付了車資，然後又將裝了鐘點費、同寫著『謝謝您』三個中文字的箋紙信封，親自遞到授課者的手中，臉上又浮起那股赧然的微笑，口中囁嚅著，似乎又在說：『對不起！』」秀亞老師加了一句：「您是外國人，但在中國住久了，也和我們一樣的『尊師重道』。」（頁95-96）

難怪王文興老師也說：「張神父未指導過我宗教方面的探求。但近年來，我始終認為，在我有限的宗教探索中，張神父是給予我莫大協助的三五位人士之一。」（頁18）

張神父去世已有四十五年，今天是他創立耕莘青年寫作會50週年的大節日。五十年來，寫作會藉著多位園丁的耕耘，這個花園的確經歷過數次盛開的季節，也綻放過不少美麗的花卉和鮮甜的果實。而這個團體一直保持某種向心力，使許多參加過的學員不忍離開，因為我們一直有愛的聯繫。是愛文學、愛真理，穿透在我們中間的無形、無私、永恆的愛。

為慶祝耕莘寫作會創立五十週年，我們聯絡到從第一屆開始的學員，他們中有些是已成名的作家，有些與本會有深厚感情，一起策劃了慶祝內容。

在本會任教超過三十多年的楊昌年教授指導下，我們決定出版七本書及拍攝一部紀錄片。後者由陳雪鳳負責，聚點影視製作公司拍攝；書籍由夏婉雲擔任總主編，計有：1.凌明玉編《耕莘50散文選》、2.許榮哲編《耕莘50小說選》、3.白靈、夏婉雲編《耕莘50詩選》、4.陳謙、顏艾琳編《葉紅女性詩獎精選集（2006~2015）》、5.許春風編《二十八宿星錦繡——耕莘寫作會金

慶研究班文集》、6.李儀婷、凌明玉、陳雪鳳編《你永遠都在——耕莘50紀念文集》、7.我的傳記增訂版《你是我的寶貝——陸達誠口述史》，半年過去，七書陸續成形。在編書過程中，通過e操作，把久違的候鳥一一找了回來，從他們的文章中，我們看到他們從未離開過耕莘。這次，我們的文學花園因這慶典又回到當年的熱鬧狀況，百花齊放、百家爭鳴，從他們的文章中我們讀到諸遠方候鳥對耕莘的懷念和認同。這塊沙洲是不會人滿人患的。新的神明不斷的還在光臨：我們每年舉辦的「搶救文壇新秀再作戰」（2006年開始）及「高中生文學鐵人營」（2010年始）吸收了一批又一批的新秀。他們遲早要在文壇上大顯光芒。

感謝五十年來曾在耕莘授課的作家老師，您們的努力使這個花園繁榮滋長，生生不息。張志宏神父在的話，一定笑顏逐開，歡樂無比。五十年來在本會費心策劃過課程和活動的秘書和幹部們，也是令我難以忘懷的。您們使寫作會一直充滿朝氣，使它成為名符其實的「青年」寫作會。

感謝《文訊》雜誌的封德屏社長，為七月份《文訊》做耕莘50的專刊，使耕莘能有發聲的平台。紀州庵還空出檔期，租借優雅場地給我們。我們永遠會記得「文訊」和「耕莘」密不可分的緣份。

為這次金慶慷慨捐助的恩人，我們也不會忘記您們。您們的付出玉成了未來作家的文學生命的資糧。眾神的花園中因您們的施肥，花卉必將永遠地盛開，不停提供國人靈魂亟需的芬多精。

「眾神的花園」五十年來所以沒有解體因為其中有愛，愛是生命力和創造力的泉源，為這愛而犧牲過的人都享受著真正的幸福，相信讀者也感染這份愛的熱力。讓我們一起發揚這愛，滿懷希望地繼續向前邁進吧！

【總序二】
文學的因緣與際會

白靈（詩人／1975年參加寫作會）

筆下二三稿紙，胸中十萬燈火

　　很少人會再記得，在台北的城南，紅綠燈繁忙的兩條路交叉口，曾站起一棟十幾層的大樓，十幾年後地牛翻了個身，轉瞬它又從地表消失。它曾是花園，旁邊大路更早之前是一群日式建築和蟬聲鳴叫的巷弄，現在上頭是停車場，下方是日夜車流穿梭的地下四線通道。

　　這棟樓的地下二樓，曾被整修為一座小劇場，演了近十年的舞台劇，間雜幾次詩的聲光，許多人的演員夢、導演夢從那裡沒來由萌發，把汗和淚都揉雜在裡頭。與劇場息息相關的是這棟樓的地上第四層，那是一間可容納百餘人的大教室，最靠近交叉路口的那方，一長條黑板，兩邊是褐色粘貼板，左邊寫著「在心靈的天空／放想像的風箏」，右邊寫著「筆下二三稿紙／胸中十萬燈火」。

　　這間大教室，除了暑期，通常白天人少，夜晚人多。入了黃昏，一棟白日堅實穩固的大廈轉瞬間會像一柱鏤空的大燈籠，開始向這城市散發出它的光華。更多的大廈更多的大燈籠被感染，不，被點燃了，於是或強或弱或高或低的幾百萬盞燈，這裡百簇那裏千團，整座城，在極短的時間內，就由城南這棟樓開始，像星雲般爆出無數的光芒來。

這棟樓曾存在過,現在不在了,像一盞、十盞、百盞、千盞曾在這裏點亮過的燈,實質的還是心靈的,現在不在了,那他們的光芒就此消失了嗎?還是去了我們現在看不見的地方,還在繼續地前進?

那座小劇場、那間大教室都曾是耕莘青年寫作會的一部份,現在的確都不在了,但寫作會卻要在它們消失了十三、四年後,慶祝創會五十週年。而且深深感覺:十萬燈火正在一個團體裡默默發光,即使別人看不見。

沒有人能夠完整記憶這個團體

與大多數的台灣文學團體最不同的是,這是1966年由美籍耶穌會士張志宏神父創立的純民間寫作團體。關於張神父如使徒般犧牲奉獻的服務精神,都記載在已經印行第五版的《葡萄美酒香醇時——張志宏神父紀念文集》中,那種「不為什麼」的服務熱誠歷經鄭聖沖神父、到現在已擔任會長逾四十載的陸達誠神父,均不曾流失。他們只談文論藝、偶而說說哲學,宗教情懷從不口傳,乃是透過身體力行、心及履即及的實踐方式,無形中成了這個團體最堅定的精神支撐。

進入寫作會的成員一開始都不是作家,只有少數後來成為作家。大多數都在學生時代成為會裡的學員,有的機緣來了,成為幹事或輔導員,有的待了幾學期後成為總幹事或重要幹部,有的勤於筆耕,成了講師或指導老師,待得更久的乾脆留下來當秘書,不走的成了理事、常務理事、理事長。後來理事會解散,2002年寫作會隸屬基金會,老會員乃成立志工團,繼續志工到現在的不在少數。有百分之九十幾的成員始終是「純粹」的文學愛好者,卻可能是醫

生、工程師、廣告人、美工設計者、記者、出版人、畫家、護士、老師、演員、律師、警察、推廣有機食材者⋯⋯，這並不妨礙他們繼續信自己原來的宗教、繼續自由貢獻心力、繼續偶然或經常當志工、繼續為某個活動或文集自掏腰包或幫忙募款，而且僅出現在團拜或紀念會上。

只因每個人對這個寫作團體都或多或少留下了一些記憶，聽了幾堂課、演了幾場戲、交了一兩個知心朋友，際會各自不同，像會裡常比喻的，這是一片自由的「文學候鳥灘」，有些晨光或夜光在灘上強烈反射，刺人眼睛，偶而看到自己泥灘上留下幾隻不成形的爪痕，不覺會心一笑，日後想起，雖是片段，也足回味良久。

沒有人能夠完整記憶這個團體五十年的點點滴滴。佇足河邊再久，有誰能看清聽清一條河的流動呢？又如何較比今昔河灘究竟多了多少隻蟹或泥鰍？何況這是一條不曾停歇、心靈互動頻繁的時間之河。雖然上中下游都曾駐足過人，其後也都消失了，後來的人憑著過去留下的片言隻字、幾張照片、幾本文集，也不可能完整記載它的晨昏或夜晚，何況是曾經陽光強烈或雷雨大作過的午後？

一切都是紀錄片起的頭

寫作會三十週年、四十週年也都辦過大型活動，但均不曾像這回這麼大規模。只因一個在法國一個在台灣的女性會員，臉書（FB）上偶然相遇，說起耕莘往事就揪了心。在台灣的那位乃揪了團去看陸神父，一年多前即大談特談如何過五十。然後臺灣兩個「熱心過頭」只偶而寫作的老會員陳雪鳳（廣告公司顧問）、楊友信（工程師／志工團團長）硬是將一部到現在經費都尚無著落的一小時紀錄片推上火線，一股腦兒就先開了鏡，動員邀請一大批多年

曾來耕莘演講的老師、會內培養的作家、歷年秘書、總幹事,調閱存檔的無數照片、影片、旦兮雜誌、文集,包括詩的聲光(1985-1998)、耕莘實驗劇團(1992-2002)的各種檔案,全部想辦法要塞進紀錄片裡,塞不了的就整理成口述稿、出成紀念文集。

之後規模越弄越大,還要在紀州庵辦大型特展(7月14~31日)、北中南巡迴演講、研討會、紀錄片放映會;同時要出版七本耕莘文叢,包括《耕莘50小說選》、《耕莘50散文選》、《耕莘50詩選》、《二十八宿星錦繡——耕莘寫作會金慶研究班文集》、《你永遠都在——耕莘50紀念文集》、《葉紅女性詩獎精選集(2006~2015)》、《你是我的寶貝——陸達誠神父口述史》等,本來還有第八本《耕莘文學候鳥灘》,為數百期型式不一之旦兮雜誌的選文,但因牽扯到一百多位老會員的同意權,只得延後。所有這一切,其實也只像天底下的任何美事,憑任何一人,都無法獨立完成,是一群文學人,不論他/她是不是作家,齊奉心力的結果。

從耕莘文集到耕莘文叢

最早出現「耕莘文叢」這四字是1988年由光啟出版社出版的短篇小說選《印象河》,及1989年的散文選《等在季節裡的容顏》,依序編號為文叢一及二。但1991年的《耕莘詩選》以寫作會名義出版,並未編為文叢三。三本選集的主編均由會長陸達誠神父掛名。再一次出現則是2005年出版的「耕莘文學叢刊」:《台灣之顏》、及《那一年流蘇開得正美》,分別標為文學叢刊一及二,前者為耕莘四十週年紀念而刊行,後者大半收入楊昌年老師所開創作研究班之學員優秀作品,另三分之一為葉紅的紀念追思文集。

在上述這些文叢刊行之前則曾出版過七集的「耕莘文集」,陸

神父在上述兩本文叢的序文中即提及1981年8月由當時寫作會總幹事洪友崙策劃創刊的《志宏文集》,第二期起改稱《耕莘文集》(1982年2月),前後共出版了七期。每期收有詩、散文、小說、評論、人物專訪等會員作品。值得注意的是,所有文集的收支帳目均會擇時公佈,比如第四期的末頁即公佈了一至四期的收入(分別是36,730／15,500／28,010／30,210元)及支出表(分別是36,515／21,998／37,801／28,624元),收入主項為捐款及義賣,四期大致收支平衡。此期並公佈了第四期的「捐款金榜」,有二十六位會員共捐了30,210元。由此可以想見一個寫作團體自主運作之不易(台灣迄今仍不准以人名如「耕莘」申請立案為文學團體,因此無法自行申請公部門任何經費)、及會員長期支撐這個團體的力量是何等強大。

這些文集主要是會員、會友、與授課老師之間的交流刊物,其性質一如1980年開始的寫作會刊物《旦兮》雜誌,雖然《旦兮》先後出現過週刊、月刊、雙月刊、季刊等不同階段,報紙型、雜誌型等迥異的面貌,前前後後、大大小小出刊了二百多期。《耕莘文集》與《旦兮》出版時也寄送圖書館、作家、出版社,但畢竟不是上架正式發行有販賣行為的刊物,一直要等到「耕莘文叢」之名出現為止。

1988年小說選《印象河》收有十一位會員及張大春、東年兩位授課作家的十八篇作品,會員作品均經此兩位作家的審核方得入選。《印象河》作者群在此次2016年出版的《耕莘50小說選》(許榮哲主編)中仍重複入選的則僅有羅位育、莊華堂等二位,其餘新加入的林黛嫚、王幼華、凌明玉、楊麗玲、姜天陸、徐正雄、許榮哲、李儀婷、鄭順聰、許正平等是九〇年代前後至新舊世紀交接時期崛起的作者,而黃崇凱、朱宥勳、Killer、神小風、林佑軒、李奕

樵、徐嘉澤等則是近十年優異、活力十足的文壇新星。

1989年散文選《等在季節裡的容顏》收有三十八位會員的四十八篇作品，作品均經簡媜、陳幸蕙兩位授課作家的審核方得入選。其作者群在此次出版的《耕莘50散文選》（凌明玉主編）仍重複入選的僅有喻麗清、翁嘉銘、周玉山、羅位育、白靈、夏婉雲、陸達誠等七位，代換率極大。新加入則往前推可至1966至1970年前後幾期的寫作班成員蔣勳、夏祖麗、傅佩榮、沈清松、高大鵬，至1980年的楊樹清、1990年後的林群盛、陳謙，之後就是前面提過的小說作者群，再就是新世紀才新起的一大批作者群，如許亞歷、陳栢青、王姵旋、李翎瑋……等。

1991年《耕莘詩選》收有四十八位會員的七十四篇作品，其作者群在此次2016年出版的《耕莘50詩選》（白靈、夏婉雲主編）仍重複入選的有羅任玲、方群、白家華、林群盛、洪秀貞、白靈、夏婉雲等七位。新加入則往前推可至喻麗清、高大鵬、靈歌、方明，八〇年代出現的許常德、莊華堂、葉子鳥、陳雪鳳，九〇年代後的方文山、陳謙、顧蕙倩、葉紅、邵霖、楊宗翰等，其餘就是新世紀才新起的一批作者群，如許春風、王姿雯、游淑如、洪崇德、朱天……等。而三十一位詩人中女性高達十七位，超過半數，為迄今任何兩性並陳的詩選集所僅見，也預見了女性寫詩人日漸增長的趨勢已非常明朗，這不過是第一道強光。

1988年由莊華堂策劃「小說創作研究班」（成員有邱妙津、姜天陸、楊麗玲等）開始運作，「研究」二字正式與創作掛勾。加上其後陳銘磻老師策劃十期的「編採研究班」（後三期改稱「研習班」）、寫作會主導至少七期的「文藝創作研究班」、及「散文創作研究班」、「歌詞創作研究班」等，「研究班」儼然成了耕莘培

育作家的搖籃。楊昌年老師自1994年起即指定優秀研究班學員參與
「作家班」,此後他開設了各種不同文類的創作研究班,以迄2011
年為止,可謂勞苦功高。此回耕莘文叢重要的結集之一是《二十八
宿星錦繡──耕莘寫作會金慶研究班文集》(許春風主編),此集
收有楊昌年老師歷年所開各項文學研究班中,特別優秀的二十八位
會員的作品,也是楊老師多年在耕莘辛苦耕耘的一個總呈現。其實
早在1995年4月寫作會會訊《旦兮》雜誌新三卷三期就做過一個專
題「文壇新銳十八」,為「十八青年創作之跡也,六男十二女采姿
各異的彙集」(見楊老師〈「十八集」序〉一文)。在2016年的
《二十八宿星錦繡》中則僅餘鍾正道、凌明玉、楊宗翰、於(俞)
淑雯四位,正見出進出耕莘的文藝青年追尋文學夢的真多如過江之
鯽,能堅持不懈者著實是少數。而此集中的作者群卻至少有楊麗
玲、羅位育、羅任玲、林黛嫚、莊華堂、凌明玉、許春風、於淑
雯、朱天、夏婉雲、蕭正儀、楊宗翰等十二位的作品被收入前述小
說、新詩、散文選集中,份量極重,表現甚為突出,其餘作者雖未
收入,也均極有可觀。

　　《你永遠都在──耕莘50紀念文集》(李儀婷、凌明玉、陳雪
鳳主編)是此回五十週年的重頭戲,共分六輯,前兩輯收入紀錄片
口述稿的原因是因在影片中受時間所限,每人只能扼要選剪幾句話
而無法暢所欲言,故當初拍攝的聚點影視公司,先找人做成逐字
稿,約十四萬多字,經許春風、黃惠真、黃九思等老會員多次一刪
再刪,現在則不足六萬字。包括王文興、瘂弦、司馬中原、蔣勳
(第一期寫作班成員)、吳念真、馬叔禮(八〇年代擔任主任導師
約七年)、簡媜、陳銘磻(九〇年代擔任指導老師、主任導師約十
餘年)、方文山(1998年參加歌詞創作班)、許常德(1983年參加

詩組）……等作家口述稿，以及陸神父、郭芳贄、黃英雄、許榮哲、楊友信、莊華堂、陳謙、凌明玉、陳雪鳳、朱宥勳、歷任總幹事……等互動頻繁之寫作會重要成員的口述稿，唯實因人數太多，不得不消減，最後共輯錄了十九位。其餘有早期成員如夏祖麗、趙可式、朱廣平、傅佩榮……等的回憶，和中生代、新世代作家均各為一輯，白日凌明玉帶領多年的婦女寫作班成員也另作一輯，再加上多年精彩的各式活動照片、寫作會五十年大事記、近六年文學獎得獎作品紀錄等，真的是琳瑯滿目，詳細地記載了耕莘過去的點滴和輝光。即使如此，它也無以呈現寫作會五十年真實的全貌。

最後兩冊文叢是《葉紅女性詩獎精選集（2006~2015）》（陳謙、顏艾琳主編）和《你是我的寶貝──陸達誠神父口述史》（Killer編撰），前者是自2006年迄2015年舉辦了十年的「葉紅女性詩獎」得獎作品的精選，其形式和內涵所呈現女性詩特質，絕對迥異於男性詩人，足供世界另一半人口重予審視和反省。後者是寫作會大家長陸達誠神父口述史的增補修訂版，原書名《誤闖台灣藝文海域的神父》（2009），此回以「你是我的寶貝」重新命名，此與世俗情愛或父母子女親情無涉，而是更精神意義、完全無我、出於近乎宗教情懷的一種人對人的關照和親近，這正是自當年創辦人張志宏神父所承繼下來的一種情操和付出。

結語

近十年，耕莘的青年寫作者人數激增，光這六年，獲得全台各大文學獎的作品超過一百六十件（可參看《你永遠都在──耕莘50紀念文集》的附錄〈近六年（2010-2015）文學獎得獎紀錄〉），七年級八年級許多重要作者都曾涉足耕莘。這是小說家許榮哲、李

儀婷仇儷與時俱進、經營網路、月月批鬥會、透過寒假十一屆「搶救文壇新秀再作戰文藝營」及暑期六屆「高中生文學鐵人營」的辛勤引領，耕莘文教基金會在背後默默支持，乃能培養出無數戰鬥力十足的新人，積累出驚人的輝煌戰果。而榮哲說：「沒有耕莘，如夢一場」，他說的，絕不只他一人，而是一大票人。然而寫作會所以能走上五十載文學之火的傳承之路，卻是從一位一眼近瞎一眼弱視的耶穌會士偶然的文學之夢開始的。

常常穿梭百花園中的人，心中也會自開一朵花，坐在千萬盞燈火裡獲得溫暖的人，心底理應也自燃了一盞燈，「人不耕莘枉少年」（楊宗翰），指的就是一群浸染了一些文學氣息、走出耕莘後，自開了一朵花、自點了一盞燈之人，不論他／她寫作或不寫作。

【主編序】
用一生等候一首詩

夏婉雲

在台北，走到紅綠燈繁忙的辛亥路與羅斯福路口，車流迅速交織，令人暈眩，尤其是盛暑時節。但每次只要閃身進了耕莘文教院的大門，立即清涼靜謐，是那宗教的氛圍使人祥澄平和吧？一上樓，即聽到後院蟬聲鳴叫，順著寬敞階梯一級一級而上，一迴旋、一平靜。迂旋到四樓，又有露臺花木相迎，心更澄澈寬容了。

露臺有時日光朗朗、有時露水濕涼，多少個春樹交迭暮雲，我們來此聆聽文學、接受春風化雨。就這樣轉啊轉的，耕莘寫作會竟已為青年轉動了五十年，我們的青春都在其中滾動、溶化，幾至不可再尋。

好像也只能從一些殘留的文字和照片中尋得一點蛛絲馬跡。比如《印象河》（耕莘小說選，1988）、《等在季節裡的容顏》（耕莘散文選，1989）、《耕莘詩選》（1991），此外就是更零亂、不易歸納的兩三百期《旦兮》雜誌了，除此，好像什麼事都不曾發生過一樣。

其中1991年的《耕莘詩選》，距今竟也二十五年了，當時有五十個作者，歷經歲月沖洗、年輪運行，出現在新的《耕莘50詩選》中，重複者只剩八人，他們是羅任玲、方群、白家華、林群盛、洪秀貞、羅位育、白靈、夏婉雲。乃因有人改寫別的文類，如周玉山、馬叔禮、宋天豪、黃英雄；有人擱筆改行，如陳美璦、張

溪南、王鵬惠；有人變成大家懷念的身影，如蕭正儀、蔡義謙；有人斷羽失聯如林寶芬、黎雪美。想來，令人不免傷感。

此回的《耕莘50詩選》乍看或有三大特色：

一、女性比男性多：衡視台灣所有的詩選，很少女性多於男性的，《耕莘50詩選》女性達十七人，男性只十四人，大概和網路發達、發表自由化、以及耕莘辦了十一屆葉紅女性文學獎，培植了不少女詩人有關。輯一、二是女詩人，其中最資深的已七十一歲，她是第一屆的喻麗清和蔣勳、于德蘭、朱廣平同屆。

二、尋回失聯者多：參加過耕莘的寫詩人真如沙灘候鳥，許多候鳥參加完暑期寫作班就翩翩飛離，我們也找回高大鵬、方明、許常德、方文山、靈歌、歐陽柏燕、葉子鳥、楊宗翰，這些詩人皆隱含耕莘血緣，《耕莘50詩選》擴大了尋找失聯作者的範圍。如高大鵬，眾人皆知是散文名家，但他也寫詩。

三、擴大選詩範圍：詩包含歌詞，比如陳雪鳳的「耕莘青年寫作會會歌」，即〈你永遠都在〉，既可唱又可讀，很能傳達無數老會員的思念耕莘之情。此外找回歌詞名家方文山、許常德，這是大家耳熟能詳的作詞人。而且《耕莘50詩選》共三十一個作者，每人皆四至六首、甚至七首，較能完整地呈現這些作者的風格或變化，不像二十五年前，有些作者只選了一首。

第一屆，即1966年的學員，應該說是大家的學姊喻麗清女士曾說：「我要學習等候，用一生來等候一首詩。」這是她期待寫出「這一生最好的一首詩」的自我勉勵的話吧？因為此種自我要求，

乃能執著地寫下去,也所以能寫出四十二本書。她最近在癌症病房
還對耕莘人說:「我生日,醫生給我一支冰棒當早餐。謝謝你們還
記得我,我會銘記於心。」她癌末2016年3月最後寫的詩,就收在
這本詩選中,從5月到現在6月20日我一直寫信到美國問候,皆無回
音,這應是她最後的詩作了,病房隨想第一首小詩是〈終於〉:

> 燈　暗了光　滅了 人們都散去了
> 世界在寂寞中繼續向前走去
> 一株老橡樹在窗外招手孩子　來吧　你不是第一個　也不是
> 最後的一個

我將遠行,世界並不會停歇,仍繼續向前走。老橡樹就在外頭招
手,說不要怕,你不是最初,也非最後,因這是必然的循環,遲早
輪到。說的是不要捨不得,第二首卻又說:「這愛的世界所有的美
好值得再來一次/再來一次」,這看似依戀,卻又有勉人積極把握
當下之意。

　　洪秀貞是城市女子,她的詩很早就在詰問都會文明,反映現代
人的抑鬱,她說:

> 青春是長腿名模
> 扭腰一伸展就是無盡的婀娜
> 吻與愛的印記剪裁小短裙
> 笑與憤怒拖曳長T恤
> 流行指針瞥向無辜稚氣
> 追逐時尚的前一秒

每天都有人陪著衣服不斷老去。

她反諷：「人類不是刻薄的工具／難民不知道沿著來時的路走回去／每個國家都變得一樣抑鬱／快樂的機率只能仰賴3C。」她一點都不放鬆的批判，世人實乃刻薄的，冷漠成為世界的常態。她說：「愛情／剛開始的時候並沒有跡象／婚姻剛開始的時候愛情快沒有跡象。」秀貞的詩批判性強悍，卻能輕鬆地寫出「欺騙、寒冷、不夠愛……」這些都市虛假偽善的一面，充盈著諷刺、悲傷又帶著詩意十足的幽默。

才女羅任玲在耕莘起家，那一年才大三，寫詩超過三十年，她擅長選擇比較恆常的題材、用冷峻筆法書寫，她的秋夜三帖：「光陰在古松／輕拂新月的瀏海」、「一條小徑晃蕩著／被月光完成」、「門扉空著／深院月色／霑濕了佛影」，古松輕拂得了新月嗎？詩人說有就有，月亮且像人一樣有瀏海，被恆古的時間拂著；打開門扉，月色照來，照著古寺，夜深露重，難怪會霑濕了佛影。任玲擅寫恆久秋夜、恆久光陰，寫得空靈婉約、不沾一塵。

游淑如曾獲教育部文藝獎、台北文學獎、菊島文學獎首獎，她寫〈菊島海女的一生〉，細膩而綿延：

　　北風來
　　紫菜就蹲在石縫裡
　　伸展季節的章回
　　海潮反覆搶印經典的篇幅
　　映著蔚藍天光
　　作為一種無聲的宣傳

在耳窩裡萌芽

妳閉上眼潛下水

點算每一寸綿長的隱喻

解開一生沒有離開的謎

浪來　宣示激烈的告別

淑如此詩形象和內容皆極其飽滿，她善用比喻，紫菜隨浪一伸一展，擬化為一章一回，海潮來來回回在搶印經典；「在耳窩裡萌芽、點算每一寸綿長的隱喻」，她尊敬澎湖海女，一生沒有離開菊島，此詩有反覆循環、隱含禪味、令人再三回味。

　　淑如是三個孺子之母，也是高中老師，2015台北文學獎優等詩作〈複印〉溫暖有情，是側寫一位印尼看護。

在黃昏市場

蹲下來買菜，找尋記憶中的熟悉感

彷彿，飄洋委地的泥土

和印尼家鄉的顆粒相同

……

每一次爐火開啟

Aninda的母性意志便被引燃成明亮的風景

把台北這邊黯淡的殘枝照醒

把印尼那邊初萌的新芽呵暖

在生命的最初與最終之間

幸福地穿針引線

印尼看護喜歡蹲下來做事，她在找尋泥土的熟悉感、她也是飄洋委地的泥土、也是家鄉泥土長出的米粒，三環層層疊扣。每次化療完的阿公總是吐得滿身滿地、「她細細擦拭穢物。溫柔地，用毛巾擦拭阿公的每個毛細孔，想念在微光中海那邊，她那未滿周歲的孩子或許也還在吐奶」，吐穢物和吐奶又是雙關；「看護不嫌惡，繼續摺疊她汩汩的愛，把手裡的浴巾繞成一朵肥肥胖胖的玫瑰，在臉盆裡，看它緩緩綻放」，肥肥胖胖是浴巾也是想她孫子如蓮藕的胖手、也是孫子嬌滴滴的玫瑰臉。看護細心地開爐燃煮，臺灣這邊照醒殘枝、那邊想像呵暖新芽，在死與生間穿針引線，能攢錢養子，她認為已是幸福。外籍看護明明是國家、人民窮困，造成拋家棄子，這痛，我們讀來是盤根錯節的悲哀，淑如卻把看護寫得善良有情，她用各種慢鏡頭處理悲憫，使讀者除了對印尼的悲憫，也擴大了深度去疼惜窳陋地區的深度，令人反思不已。淑如投來的五首代表作，皆掌握了情景纏繞、虛實相疊的詩藝，篇篇皆是詩藝的示意圖。

　　輯三、四皆是男性學員，其中最資深的是六十九歲的蔣勳，他民國56年20歲時參加第一屆耕莘寫作班，和喻麗清同屆，可惜他的詩未獲同意選入《耕莘50詩選》，只有散文獲同意選入《耕莘50散文選》。

　　方文山曾以〈威廉古堡〉及〈青花瓷〉獲得金曲獎最佳作詞人獎，他的詞如〈燈下〉、〈無雙〉、〈東風破〉、〈潑墨山水〉、〈英雄塚〉首首皆是中國風，是新韻腳詩的主要提倡者。關於他的歌詞，透過音樂重新詮釋，常發揮一加一大於二的效果，大多數人也都耳熟能詳，不再贅言。而寫得比方氏更早的許常德也是名音樂作詞人，歌詞有上千首，他年輕時參加耕莘，那時認識的老師和同學，後來全沒聯絡……所以他說：「一切都被保護得很好」，為

五十週年慶，現在聯絡上了，他出錢又出力作回饋。作詞人喜寫愛情，許常德的愛情寫得不通俗，選入的均非歌詞，卻有易懂、動人的效果。如〈等待下一個〉：

> 愛　是一種靈感
> 不是雕像
> 它一具體　就會死亡
> 我常遺忘　在我前幾次感情小站
> 我拍了照片想做個紀念
> 我帶著行李想寄住幾天
> 我以為旅行可以掩飾我不想流浪
> 只是結果無法偽裝
> 因為誰都不想成為誰的另一半

他的詩詞文字平白、意象轉折卻很輕巧，如「愛　是一種靈感不是雕像／它一具體　就會死亡」。他体會出愛是漂來的不實在，他用拍照、旅行來偽裝，用事與物、情與事，層層疊疊，末了的結局還是誰都不想絆住誰。另一首〈愛　我說的再多都沒用〉：

> 於是
> 感情還是輕輕地全部放下
> 像炸油條般
> 明知一下去將會沸油滾身　面目全非　再回不到原身
> 但還是執意
> 不管這油條炸後能否賣出

愛　就是這麼高傲

油條可不是什麼必備單點
尤其在老板隨手將油條　喀擦　夾扁油條進燒餅的時候

感情像油條，炸得珍貴又壯烈，這麼高傲的愛，在他人眼中只是隨手一夾的燒餅襯物，而詩中的主角卻是慎重地、輕輕地全部放下，眼睜睜的看這個面目全非的感情。詩人聰敏的截圖，他的油條意象，語詞具象而獨特，營造出屬己的詩歌空間。

陳謙二十四歲參加寫作會，二十四年後為了文選，他說：「在辛亥路上，耕莘寫作會總亮起一盞文學溫潤的微光，期待每一位候鳥不時的飛返。」他在〈在生命異常脆弱的冬夜〉寫著：

在生命異常脆弱的冬夜
我們的存在
只是證明曾經燃燒
縱然無以照亮世界
但我相信
相信遠在東部海岸的你
仍會抽空帶著孩子
到大平洋濱
告訴他
那海面往來的微光
正逐日喚醒每個天明

他堅信：詩是生命傾斜時僅有的支持，感謝有詩。「台北城的寒冷與漆黑／為了生活的需索／」我無法控制自己的筆尖／含含糊糊向你傾吐」，陳謙邊養家邊辛苦的讀到文學博士，如今能在北部做專案助理教授已深覺幸福，他借物喻人、寫人世的滄桑、世事無法掌控，但他愛其所愛，仍在海面喚醒每個天明，陳謙走出了自己的詩風。

　　瘦瘦小小的楊宗翰，高三就參加暑期寫作班，在一百個大學生裡每天擠來撞去，非常醒目。他大三大四時的〈欲言〉詩入選1998年「台灣詩鄉」（裕隆汽車與聯合報合辦），〈欲言〉如下：

　　　　架上曬滿胸衣與舌頭
　　　　他們想找話說

　　　　我羞得緊低著頭
　　　　渴卻說不出口

胸衣的設計很奇特，外形跟一般衣物不一樣，寫出二十歲男孩看見胸衣的尷尬，且架上還不止一件，而是各式各色「曬滿胸衣」，少男只能害羞得低著頭且是緊緊的夾著頭走。少男懷春，心中本有許多渴望異性的憧憬，甚至饑渴，卻說不出。借物抒情、借物喻己，雖淺嚐生活，這鮮活青春卻值得拍擊歌讚。架上胸衣長長的雙帶「似舌」吊著，他們也想找話說，說什麼？說自己挺胸成熟、含苞待放了，「舌頭」是擬人詞，有生命感，拉開了實物（內衣肩帶），詩歌語言乃有了生命的張力，他明白景與情之間的隱約起伏。此詩捕捉了少年的輕淺心事、少年的深刻敏感。下面〈月興〉入選1998年「台北公車詩」獎，亦是大四時之作：

月出
　　　驚
　　山
雪

寒僧推敲已久的
　　那滴淚
　　仍卡在
候鳥燥熱底喉頭

寒僧賈島撚斷幾根鬚，推敲已久的「月出驚山鳥」，楊宗翰變成
「月出驚山雪」，「雪」很易轉出「溶成水」，再到何處呢？北方
南飛千哩的鳥兒燥熱難耐，急需水潤喉，詩人再轉出水在候鳥的
「喉頭」，卡在候鳥喉頭，捨不得、不想吞下。這「卡」字精準有
力。這水、這淚不僅是救命的，而是意志力；月光薄薄，「寒僧、
候鳥、詩人」，有此淚水就有意志力來支撐，滴淚就成有意志力的
符碼。剛好映襯了前文喻麗清所說：「我用一生等候一首好詩」，
詩是珍貴的那滴深情淚。此詩宛似禪案，底蘊深厚。
　　青春真是一條線，2016年《耕莘50詩選》把三十一個寫詩的
人，串連成項鍊，往前，連結了1991年的《耕莘詩選》，又各自呈
現出自己生命成長的軌跡，也映現不同年代的歷史和自然。上舉四
女三男詩人之例，剛好對應十七女十四男詩人的不同面向。歷史一
再被記憶切割成塊，詩人則不時透過寫詩複習自己的際遇、回溯年
代的昨日，即便哀樂不一、悲喜迴異。顯然，寫作會的詩人們都不

曾掉隊，都積極參與了各個年代，都構築出了自己生命的趣味，這部詩選即是這些謳歌的切片。

目次

輯一　耕莘女詩人群（Ｉ）

輯二　耕莘女詩人群（II）

輯三　耕莘男詩人群（1）

輯一

耕莘女詩人群（Ⅰ）

秋天的輕愁

非關鳥的翱翔

乃是

飛的叛逆

——喻麗清

喻麗清

作者簡介

　　1945年生於浙江金華，祖籍浙江杭州，三歲隨父母遷居臺灣。臺北醫學大學藥學系畢業。創辦北極星詩社，曾任耕莘寫作班總幹事、寫作會祕書。旅居美國，先後任職於水牛城紐約州立大學及柏克萊加州大學脊椎動物學博物館。業餘寫作，出版著作數十種，其中以散文為多。詩集有《短歌》、《愛的圖騰》、《沿著時間的邊緣走》、《未來的花園》。散文、小品集《千山之外》、《青色花》、《牛城隨筆》、《春天的意思》、《流浪的歲月》、《闌干拍遍》……等等。小說集《紙玫瑰》、《愛情的花樣》、《喻麗清極短篇》等。在臺出版四十二本書，大陸出版十八本書。曾獲中國文藝協會文藝獎章、新聞局優良著作金鼎獎、中國文協散文獎章、兒童文學小太陽金鼎獎，行政院文建會最佳少兒著作獎。曾任海外華文女作家協會第五屆會長，美國青樹教育基金會副主席，以及臺北醫學大學北加州校友會會長。作品曾入選國內外各種選集及教科書。曾說：「我要學習等候，用一生來等候一首詩。」

耕莘與我

　　寫作班開班後，為臺灣唯一講授英美文學的民間組織，當然轟動臺灣學府，加上教師都是知名學者和作家，吸引了當時喜愛文學的青年。天主教會裡也引起浪潮，沈清松，傅佩榮也投入這股熱潮，開啓他們潛在的文學智慧。

　　1966年（民國55年）我參加第一屆耕莘寫作班，和蔣勳、于德蘭、朱廣平、龔明瑤同屆，做過張志宏神父祕書，自然坐上寫作班總幹事的工作為學員們服務；接棒人有朱廣平、何志韶、郭芳贄。猶記得，夏祖麗和龔明瑤是第三屆。于德蘭是張秀亞老師之女，夏祖麗是林海音老師之女，兩位老師從第一屆開始就在寫作班任教，兩女皆喜愛耕莘的文藝及宗教美好和諧氣息，常常伴隨母親前往。明瑤的姐姐是祖麗的嫂嫂，和其他前幾期同學一樣，敬愛張神父，都是神父辦公室常見的嘉賓，大家歡樂融融。

　　想想寫作班都五十年了，時間過得真快。我一直旅居美國，多年後，曾有一次我回臺擔任暑期寫作會散文導師，那一班同學真可愛，我到現在還留著他們送給我的簽名卡片，這些林林總總都是美好的記憶。

自畫像

到林子裡去
就散碎成葉

到海的岸邊
便洗成了沙

到黃昏山頭
是靜寂的霧

回到人間來
我是——
透明的水

落花

我的青春不以歲月丈量
只要季節不死

我還會
復活

鳥

我還是這樣愛鳥
痴看它飛
漸漸
我了解
秋天的輕愁
非關鳥的翱翔
乃是
飛的叛逆

如詩
——婚禮歸來

年輕真好
所有重的都還沒有形成
汽球　鮮花
帶奶油香的親吻
像枝上新綠
是花是葉
都沒有果實沉重

年輕真的好
畫紙上剛剛落筆
淺淺的淡淡的
錯誤都可以交給那個沒有學問的橡皮擦
所有的道路都還沒有變窄
看不到轉彎與暗角
即使走到了天涯海角
依然可以回頭

年輕多麼好
結婚進行曲永遠進行中

時光像客人一樣在喜宴中醉倒
未來交給上帝
過去留給父母
當下像足球一樣踢著玩耍

結婚
我酷愛這個動詞
一個人的寂寞
化成了兩個人的孤獨
在繁花盛開的夜晚
我們摸索著石頭過河

——入選《2007臺灣詩選》

愛的圖騰

經過了千百次的昇華
我們爬出各自的巢穴
半動物半植物的軀殼

叫我們有時記起有時遺忘
肉慾是甚麼裸體的天堂是甚麼

寫在甲骨文內怯生的愛與懼怕
一如半擎的蓮花

斜斜開在遠古暗黑的穴裡
我從沒有這般美麗過
在非始非終每一次的睡夢裡
悄悄爬出

斷了翅的天使
在考古的輪迴裡
才得以重享人間暫短的合歡
我從不知如何祈求

求生死不必界限
愛沒有罪罰的陰影

帶來花香的風裡
遍是等待結果的前世姻緣
我不過是土
一撮竭盡所能讓種子發芽的故土

甚麼是永恆甚麼是悲傷
我從沒有這樣混沌過

癌症病房中的隨想

　　今年我的生日是在醫院4402B房度過的。已經住了三天，因為第二次吐血了，又動了一次小手術。這次醒來比第一次手術痛苦。好在窗外屋頂花園蠻可愛的，春天就是可愛，窗裡窗外如同兩個世界。這層樓住的大多是癌症患者，我同房室友得了肺癌，跟我大女兒同年。看她年輕的掙扎，尤甚於我，我不敢抱怨了。因為生日，醫生給我一支冰棒當早餐，一小杯冰砂當午餐，橘黃色果凍是晚飯。想到如果告訴小外孫，他會有多羨慕！我真的很快樂。苦中作樂也！請放心，我不會哭哭啼啼的離去。謝謝你們還記得我，我會銘記於心，時時感恩。以下是我得知自己患有膽汁性肝癌末期後，斷續寫下的小詩兩首：

1）、終於

燈　暗了光　滅了　人們都散去了
世界在寂寞中繼續向前走去
一株老橡樹在窗外招手
孩子　來吧
你不是第一個　也不是最後的一個

2）、最後一瞥

大海就在我的面前
像一片藍色的大草原
天氣這麼美好
沒有鳥也沒有魚
只有一匹脫韁的野馬在奔跑
自由原來是種種的消失
地平線的那一邊卻還有金紅色的落日在等待

多麼想揮一揮手
把所有屬於我的都帶走
我的功課難道還沒有修完
戒貪戒痴戒不完的依戀

就是投我於天堂我依舊會燃燒
這愛的世界所有的美好值得再來一次
再來一次

2016年3月

羅任玲

作者簡介

　　羅任玲，臺灣師範大學文學碩士。曾任《中央日報》「文心藝坊」專刊主編、副刊中心組長，聯合報系記者。羅任玲創作文類以詩、散文為主，兼及論述。其寫作主題並不局限於一隅，舉凡人性、事理、存在、生死等種種人間與非人間之現象和反省，作者都有興趣探求。張默曾評其風格：「以犀利的觸覺、把各種題材的框框打破、重組，選擇一些比較恆久的，耐人低迴的，甚至發人深省的酵素，然後以一幅幅新穎的，不同的畫面，把那些令人如夢初醒的感覺一起呈現在讀者眼前。氣氛森冷，風格新異、輕巧地直探事物核心，擊襲眾生思維。」曾獲梁實秋文學獎等獎項。著有詩集《密碼》、《逆光飛行》、《一整座海洋的靜寂》，散文集《光之留顏》，評論集《臺灣現代詩自然美學》等。

耕莘與我

　　回首青春歲月，光影婆娑，而其中必有一些美好的記憶，是屬於耕莘的。

秋夜三帖

1.

光陰在古松
輕拂新月的瀏海

2.

一條小徑晃蕩著
被月光完成

3.

門扉空著
深院月色
霑濕了佛影

陌生人

陌生人在美的臂彎裡休眠
那些無從察覺的美的譜系
岩石的腳
雲的臉
匆匆進入他們的懷裡

他們在那裡相遇
喝夢中的櫻花
慢慢地啜飲
以為那是永遠

陌生人喝去春天
又喝走了夏天
在長路上相擁道別

天暗下來
暗下來
風把他們帶走了

去找一些更陌生的燈火
變成桑田的親人

初生的白

旅人走到空曠的夢裡
搭起一盞小屋
這暗影的黑
或者初生的白

他坐下來
把黃昏坐成草原一樣的黑

坐下來
他開始勾勒那些暗影
飛鳥遺忘的遠方

他伸出疲憊的雙手
像年少時代那樣
觸摸新鮮的紫色晚霞

所有故事都回來了
星星終於來接他的時候
那些空著手的日子也回來了

在另一個擄獲死者的夢裡
點起了一盞初生的白

月光緩緩照在岩壁上
——為Chauvet Cave而作

月光緩緩照在岩壁上
寫下宇宙的第一首詩

時間的野牛和群馬
穿越深淵來到了
結滿微笑的水晶柱

那些晚雲移動的痕跡
幻影與皺褶

三萬兩千年前那時候
粗壯的靈魂在月下奔跑

祂搖曳著星星搖曳著火
閱讀著永恆閱讀著死

牠跑入洞穴深處跑進
自己的深夜

他用追捕光陰受傷的食指
畫下整座洞穴的夢境

這裡那裡到處都是
飛奔而去的
新生的蹄印

還要多久才會到達呢
三萬兩千年後的世界

（有人也夢見了祂
　和祂額頭上的月光）

時間的群馬繼續奔跑
追趕死亡的蹄印
這些

那些
變成祭壇

啊那些巫師的手
移動晚雲
畫下一個眼睛
再一個眼睛
凝視渺茫

三萬兩千年後的他
輪迴多少次之後
用食指按下巨大開關

走入沉默電梯
深黑孤獨的曠野

鏡中人與他對視
彷彿回憶起了什麼

他的楚楚衣冠
他的衣不蔽體

他的房車老闆妻子薪餉休假日
他在洞口凝視那片完整安靜的雪花

他幾乎忘了祂粗壯的靈魂在月下奔跑
他看見落石掩埋了祂的洞穴

他滑著智慧手機將祂徹底刪除
那些暴風雪他的絕望與淚

他終於安全走出電梯
走入往常一樣深黑安靜的長廊

祂在後頭喚他但他終究沒有回頭
祂留在一個無人知曉的夢裡

（黑夜一如往常
　剪去了長髮
　那樣漆黑
　有人輕輕指認了
　祂的名字）

葉　紅

作者簡介

　　葉紅，本名黃玉鳳，另使用筆名慕容葦。1953年生於臺北，四川渠縣人。中國文化大學畢業，曾任耕莘青年寫作會副理事長、河童出版社社長。

　　曾獲耕莘文學獎新詩首獎、散文獎、小說獎、以及耕莘青年寫作會八十五年度傑出會員獎等。作品入選爾雅版《八十四年詩選》、《八十五年詩選》、《八十七年詩選》、《可愛小詩選》，文史哲出版《中華新詩選》、及九歌版《中華現代文學大系Ⅱ（詩卷）》（2003）。

　　著有詩集《藏明之歌》、《廊下鋪著沉睡的夜》、《紅蝴蝶》、《瀕臨崩潰的字眼感覺有風》等，編有《卡片情詩選》。

耕莘與我

　　會走上寫作這條路的確有些意外。孩子稍大些，我開始照顧起家裡同住的三個老人——母親、婆婆、還有婆婆的婆婆。三天兩頭陪她們進出這個醫院那個醫院。這樣過了幾年，我動了出去做事的念頭。老人家陪到最後越陪越少，頂多換來一塊塊墓碑，養孩子養得再好，也是他未來的老婆受益。我很想擁有自己的「名片」，後來作了一陣子歌手、寫過一點廣播稿，也沒發生什麼作用。直到有一天經過臺北的羅斯福路，看到「耕莘青年寫作會」幾個大字，當天晚上就成了我這一生重要的「轉捩點」。本來想參加較實務性的編輯採訪班，沒想到滿額，就改入小說班，從此與文字結下不解緣。從學員開始，後來的幾年間陸續參與會務工作，前後擔任過輔導員、組長、副總幹事、祕書，乃至於指導老師、祕書長、副理事長等或大或小的職務。我在那裡足足工作了七年，將自己工作的潛能和寫作的夢想發揮得——怎麼說呢，有點出乎自己的意料之外吧。在很短的時間裡，因受激盪、還有其它多種因素，我發表了大量的作品，刊登在臺灣的各大報刊雜誌上，兩本詩集《藏明之歌》、《廊下鋪著陳睡的夜》先後獲得相關單位獎助出版，詩篇也被選入各式各樣的詩選中。尤其是在一群年輕朋友間，我獲得了友誼、讚賞和尊重，以及由此而產生的自信。

　　寫作這件事，則讓我心裡深藏的很多東西藉助著文字展露出來。寫作讓我自由地在意識和潛意識中穿梭；許多長期被壓抑的——有些是不熟悉的、不認識的感覺，都轟然釋放了。過去我給自己的規範太多，我擺脫了它們。我彷彿處在一種不自主的狀態中，一幅又一幅地畫著陌生人似的自畫像。我看到自己狂野甚至狂暴的一面，也看到自己殘忍的另一面。寫作以後家人說我變了，我沒辯解，然而我明白，沒有什麼事是一成不變的。

　　　　　　　　　　　　　　——摘自〈迷惑的百合〉，1997年。

誰的夢

夜　睏極了
眼　順勢合衣躺下
鼻　緊挨著，沒再吭一聲
耳　悄悄地關上店門
舌　早已放得不能再鬆了
都打烊了嗎
夢　該留給誰做

1995

藏明之歌

半醒若寐
一朵紅雲趺坐蒲團上
綠影滿塘，托住它
搖搖晃晃

一池蓮花欣然綻放
似交待了仙蹤的神話
欣欣然
牽動了萎落之歌

嘆息是胸口的風
送走滿懷清香
顏色是落日的彩裳
退還或贈予
沒有太大的不同
身子和著莖骨沉入
當初生發的泥中
黑不能再黑
暗不能更暗

熄滅的形
揮散了自己的影子
而形滅多好
蓮
在心中點燈

1993

絕響

絕響是一縷輕煙
眾人口裡的話
溢美之詞
絕響是另一個尚未響起之前的
最後一響

何以放棄清涼
選擇了這等淒苦？
使勁抱住自己
肉翼　頭也不回
將喘息交予遺忘
熱在體內瘋狂地聚集
頂住沸騰
筆直衝向唯一的
轟然

舒坦中
胸膛似百合
放聲傾吐深埋的願望

血　奔竄
凝成無數跳動的手指
而最後鮮紅的一彈
能否落在你心上？

如托住一切動念
為我
托住這永世的
絕響

1993

撒旦的臉孔

在地窖中摸索
幾近完美的臉孔
就快要捏塑完成
拋下黑暗的時刻終於盼到了

階梯頂端，倏地瀉下一道亮光
映現一張如微曦的面容
不十分真確
那雙令人悸動的眸
忍不住，我輕喚：「使者！」
神祕的，他低聲：「是撒旦!?」

藏起美麗卻未完成的面具
又一次我向幽冥深處陷退

1994

憂鬱的舞步說

憂鬱的舞步說
流動的你穿越凝視
用一種阻隔開啟溫柔，腳尖上
昨天自殺過的今天

憂鬱的舞步說
害怕爬到可以害怕的頂點
只用思念呼吸你混著背影的香煙
把昨天放在眼前

憂鬱的舞步說
撐一把傘擋在最好與最壞之間
挪動過的
再也沒有看得清楚的懷念

憂鬱的舞步說
燈留下的黑應慢慢旋轉
等我的思念找到明天的溫柔
自殺在你不知荒涼的腳尖

紅蝴蝶

在鐘聲尚未響起之前
越過終南山
潛入幽深的谷底

讓意志全然匍匐
看紅蝴蝶起舞，展翅
抖動翼下的猥褻
曲線織成誘惑
網去了癡望的雙瞳

慾望脆弱如咽喉
經不起
柳絮　髮絲
那怕最輕地一扼

胸臆中垂死的紅蝴蝶
竟被喚醒
推倒一堵牆般　心肺賁張
砰然飛離　烙在我胸前底
是那永世慾望的
圖騰

沒有了眸
我　聽見細微的腳步
啊！無法提前的時刻　唯有
等
祂進入幾乎崩塌的房舍

小心翼翼用火
將我蒸餾
直到我如輕煙般混入
祂

當鐘聲響起時
祂叫我留下咽喉
為了紅蝴蝶

1995

陳雪鳳

作者簡介

陳雪鳳，1981年加入耕莘青年寫作會，因為寫作會的寫作啓蒙，成為廣告文案和歌詞創作者，曾任臺灣電通蔓告創意總監、互得廣告執行創意總監。著有《天才文案的白痴哲學》一書、電影《那一年我們一起追的女孩》主題曲──〈人海中遇見你〉。

耕莘與我

只要喜歡文學，都可以來這裡做夢。

這就是耕莘青年寫作會，沒有門檻，沒有設限的寫作園地。我和絕大部份耕莘朋友一樣，只是喜歡文學就隨意走進來，沒想到卻在這結交了許多志同道合，共同做了一輩子的文學夢。

雖然，我沒有成為一位純粹的文學作家，但成為一個專業的廣告文案

和歌詞創作者，來自耕莘的文學啓蒙是最大的能量，它啓發了我對文字特殊的感覺和特別的感情，讓我能夠駕馭我的文字工作。

不過，我想我和所有的會員一樣，對耕莘最大的感恩，不在能成為一個作家，或對工作有多大的幫助。而是在這裡找到許多志同道合，能真正交心的的文友，一起悠遊文學世界，互相學習用文學美麗生命。

五十年還不夠，耕莘青年寫作會永遠都要在。

你永遠存在
——耕莘青年寫作會之歌

太陽沒有出來
不表示它不存在
月亮不想露臉
不表示它沒有來

那一塊　我們醉臥的榻榻米
那一盞　我們聊一夜的小燈
那一齣　我們一起演過的戲
它們都不在了
但不表示不存在
心的容量　超乎想像
用心儲存的　永遠刪不掉

青春不會再來
不表示回不去當時
歲月不會倒流
不表示找不到最初

那一張　你搬給我坐的椅子
那一杯　我端給你喝的茶水

那一堂　　你我都上過的課　　它們都不在了
但不表示不存在
心的深處　　有個開關
封關再久都能一開就回來

淡淡的三月天

淡淡的三月天
陽明山的杜鵑
開了一半　　謝了一半
我們走到山的一半
想說的話都只說一半

淡淡的三月天
天雨天晴
總是一半　　一半
一把傘我們遠遠的
各撐一半
你濕了左半　　我濕了右半

淡淡的三月天
我們已結伴過了一半
但，你還是　沒問我
是不是你的　另一伴

滿街都是莫札特

冬雪紛飛的維也納
街道上只有觀光客遊蕩
沒想到莫札特滿街跑
堵你　嗆你　攔下你
哈囉──　哈囉──
不聽莫札特
來維也納做啥？

古典音樂　沿街叫賣
只有維也納做得到
因為他們有莫札特撐腰

經典處處的維也納
古典音樂應該高高在上
沒想到莫札特滿街跑
叫你　催你　拉住你
哈嘍！哈嘍！
不聽莫札特
維也納還有什麼？
古典音樂　這麼囂張
只有維也納做得到，
因為他們有莫札特擔保

夕陽無限好

日光漸漸薄
餘輝斜斜照
太陽告別大地的前一刻
剛剛好的光與熱
造就了
無限美好的夕陽

熾熱一整日
繞過半片天
太陽沉入黑夜的前一刻
依依不捨的餘溫
造就了
十分溫暖的夕陽

剛剛好的光亮
不冷不熱的溫暖
走到黃昏
生命的溫度
更能放心擁抱

媽媽　永遠不會死

最後一天
我整夜把妳擁在懷裏
如同幼時
妳整天把我抱在懷裏
原來　那不是最後一天

每天從夢中醒來
妳不是在我懷裏
就是我在妳懷中
一年　三年　五年　十年　二十年
媽媽　永遠不會死
一直活在我心裏

最後一天
我握緊妳　死不放手
就像兒時
妳牽住我　從不離手
原來　那不是最後一天
夜夜半夢半醒間
不是我牽著妳
就是妳牽箸我

一年　三年　五年　十年　二十年
媽媽　永遠不會死
總是活在我身邊

夏婉雲

作者簡介

　　夏婉雲，祖籍湖北，生長於花蓮，花蓮師專、台灣師大國文系、台東大學兒童文學研究所碩士、淡江中文系博士。曾任耕莘寫作會祕書，現任輔大、淡大等校兼任助理教授、兒童文學學會常務監事。曾獲金鼎獎、洪建全兒童文學獎童詩獎第一名、楊喚兒童文學獎童詩獎、入選「一九四五年以來台灣兒童文學100」、文建會兒歌百首優等獎、台灣省兒童文學創作獎童話佳作、台北文學獎、花蓮文學獎二屆（散文、小說）、鐘肇政文學獎（新詩）等。著有《大冠鷲的呼喚》、《穿紅背心的野鴨》、《愛吃雞腿的國王》、《坐在雲端的鵝》、《文字詩的悄悄話》、《ㄅㄆㄇ園地》，及《文字小拼盤》、《快樂玩文字》等童詩、童話、兒歌、散文集及研究著作共十四本。

耕莘與我

民國65年，清嫩的我參加了一個月的暑期寫作班。接著晚上繼續在寫作會出沒，67年師大畢業，11月和白靈結縭，68年1月接郭芳贄的秘書，白日繼續教書，晚上去寫作會上班並主持十四屆暑期寫作班，69年1月外子出國深造，我2月生產，辭寫作會秘書職。由馬叔禮師及陳銘磻師陸續接任，他們希望只做導師，不管行政瑣事，至此寫作會由秘書制改為導師制。又91年我遴選為耕莘基金會董事，代表寫作會在會內發聲。

在耕莘出入屈指四十年矣，見有才華者、奉獻者陸續加入，致使寫作會風雨中仍踞文壇一隅、永續培育新苗。承蒙會長不棄，推薦我作耕莘五十年七本書總主編：編八十一歲的陸爸傳記，知悉神父的成長，知悉神父的風範；編《二十八宿星錦繡──耕莘寫作會金慶研究班文集》知悉楊昌年老師為什麼把每人當寶貝；編記念文集時看遍十八歲至七十三歲人的成長、對耕莘的感恩；編散文集時看到人的生命糾葛；編詩選集時看到人心靈的起漲，何其幸哉！

青春如煙消逝，如果把五十年文學青年都串連起來，變成一條延長線，結成記錄片和文選，那麼渾灑的青春串珠成鍊，它永遠不會消失。

坐在雲端的鵝

一朵白雲停在湖中
雪白的鵝緩緩步入
舒舒服服的坐在雲上
牠悄悄划動雲朵
切開青山
切開藍天
整面湖泛開人字形水紋
是雲朵送牠上岸的吧
鵝抖抖一身的雪白
午後湖上
又恢復了寧靜

——《坐在雲端的鵝》，1992年。

甩花棒

小女孩走在樂隊前方
當她把手中的花棒

甩向半空中
樂隊便熱烈地演奏起來

像一顆音符
從一首歌裡飛出

小女孩向前走兩步
又把那音符
輕鬆地接了回來

——《坐在雲端的鵝》，1992年。

頑石點頭

和尚圍坐池邊
為眾石說法
這天竺來的古經
聽得我盡是迷茫
歪頭側想
讓他跌倒的鬼計

和尚侃侃而談
白斑石溫暖了靠過來的猴兒
黑斑石溫暖了靠過來的松鼠

和尚說得神采飛揚
池底的大石突然歡聲　舉起
水中睡蓮
爆裂　千朵
百丈遠的太湖石
溫暖了身旁的桃樹
桃花忽然旋飛如雨落
滿天氤氳的紅
眾石誠服心悅　紛紛點頭

我是那最冷的
最後點頭的
一顆小頑石

註：

去黃山訪問的壓軸戲是訪蘇州虎丘山，山中有「白蓮池──頑石點頭」一景。東晉高僧法顯從天竺帶回的六卷《涅槃經》譯出，僧人竺道生獲得此經，剖析經理，把握了言外之意，提出「一闡提人皆得成佛」的理論，即斷絕善根的人也有佛性，也能成佛。此論一出，引起軒然大波。

　　因為六卷《涅槃經》的經文恰恰是說一闡提沒有佛性。竺道生根據經中的理論體系，輔以合理的推斷，大膽地指出六卷《涅槃經》是不完整的經文，完整的經文應有一闡提皆得成佛之義。但是，道生之論畢竟只是一種推論，當時誰也沒有見到完整的《涅槃經》，更重要的是道生提出的新理嚴重違背了門閥士族階級的利益。建康僧團宣佈竺道生的學說為邪說，將他除出教團。

　　除出教團是嚴峻懲罰，他離開建康後，先到蘇州，住在虎丘山。當地僧眾聞風前來參拜，不出十天，道生門下已有學徒數百。人們傳說，竺道生在虎丘山堅持宣傳自己的觀點，曾聚石說法，頑石為之點頭。這美麗的神話，反映了廣大僧徒對道生的敬仰和同情。

　　十年後，完整的《涅槃經》由印度來華高僧曇無讖在涼州譯出，傳到了劉宋京城建康。經中果然說一闡提皆有佛性，與道生所論若合符節。有人將此大本《涅槃經》送到廬山，十年不白之冤獲得平反，竺道生聞之涕泣，被譽為涅槃聖人。

　　東晉末年，佛學思潮面臨轉變期，竺道生的「頓悟成佛」、「佛無淨土」獨見，成為上接般若、下開涅槃，宣揚佛性說的最著名代表。其返本學說是人性根源問題，三百年後，禪宗學說和他相近，世稱孤明先發。

——《創世記詩雜誌·158期》，2009年3月。

青海塔兒寺（散文詩）
——道在螻蟻

　　住在寺廟木柱裡，每十秒，家就振動一次，這地震我誕生時即存在，不知從何而來？一天裡不止三千六百次的騷擾，有的遠有的近。我忍耐了兩個月，二十多萬次已是忍功的極限。這極限迫使我長翅怒飛，衝出柱去瞪視。但見一人跪下，然後全身朝地面趴去，持木屐的兩手也呼嚕前划，再咕嚕划回，站起，如此反復跪拜。

　　從高飛處下探，那木屐前划處已成凹槽，且不只兩條，殿宇下遍地皆是！那些凹槽與這金頂碧瓦的寺宇多麼不協調啊，多麼不幸，我家剛好在凹槽邊的柱子裡。我不懂著灰暗長衫和骯髒破敗的你，為何仆倒又站起？聽說你要拜上十萬次？聽說你不遠千里，磕等身頭而來。你，除了目光炯炯，除了瘦黑的意志力，你們一排人都掏空了自己，最後還剩下什麼？即使金頂瓦、紅柱牆、寶玉佛，最後會剩下什麼？

　　我將高飛翻舞，覓得待嫁娘，隨即另尋新柱，穿牆鑿壁後生蛋，生它千萬個子女，子子孫孫，加上百代千代的高高高曾祖父母，我們擁有兩億年，你們呢？這根紅柱因此遲早是我們的，那根紅柱遲早是我們的，所有紅柱遲早是我們的，就是你、和你們趴下的這排柏木板也是我們的。

　　上百年後，彌勒佛殿、小金瓦殿、如來八白塔會倒下，上

千年後，我們將攻下大金瓦殿巍峨的三層重簷金頂，綠的、黃的、金的飛簷無不隨我們的薄翼振翅飛下。倒下雕鏤屋柱、倒下精刻窗花、倒下鮮豔的錦繡、倒下繁紋的壁畫，倒下佛祖地的風華。還倒下你們的畏敬、信仰和魂牽夢縈！

　　你們添加一尺，我們鑿穿一丈，你們添色，我們添空。

　　這整個燦爛都將是我們的王國，

　　　　　　你們的廢墟。

　　　　　　——《創世記詩雜誌‧159期》，2009年6月。

東引酒麴

我是小精靈

踢醒顆顆高粱粒

她們踮起小腳尖　　看我打拳

金雞獨立　雲手　下勢

我鑽入高粱米心

擁她們共舞

揮著小手　爭著

和我一起扭臀　轉腰

舞　一甕的紅　一甕的香

我是甕中小酒仙

註：

　　東引陳年高粱又稱東湧陳高，我參觀東引酒廠，見滿屋酒甕，遵古法製作，採低溫發酵，想像酒麴在黍米粒中打太極拳、擁黍米粒跳舞。陳高酒精度約在45％左右，性甘醇、無辣味，宿醉亦無妨。

——《聯合報・副刊》，2015年3月。

歸於土
——布演於馬祖五靈宮前

輕撞藍天的心
群山靜看我舞
我是廟前一蛟龍
一腿劈開海岬
一手插入簷角
一拳打倒八爺

虔心歸於諸神
我是天地中　　一粒

活潑的
塵

　　　　　　──《創世紀詩刊》，2015年6月。

夏婉雲及另一馬祖女子布演／王清勇攝影

葉子鳥

作者簡介

　　葉子鳥，本名潘亮吟，1961年生。世新專校廣電畢。「吹鼓吹詩論壇」副站長，「南洋姐妹劇團」成員，「喜菡文學網」第三屆小說佳作獎，「風情萬種文學網」散文評審獎。曾參與「差事劇團」民眾劇場及導演助理，曾任《本本》雙月刊執行編輯。出版《中間狀態》詩集。

耕莘與我

　　約莫十七、八歲的時候參加耕莘暑期寫作班，當時選擇小說組，獲得極短篇第二名，指導老師是朱西甯，但是猶記得課程是一起上的，老師有余光中、司馬中原、馬叔禮、林煥彰、白靈、吳念真……等。還記得曾與三毛一起包過水餃，可能是別的參與活動，當時荷西剛過世，三毛的情緒顯得有點歇斯底里，說她時常在夜裡置放一張白紙，與荷西筆談，她的手

會自動書寫，她還焦慮地抽著菸。

感覺與一個明星在一起的不真實感。

沒想到時至中年能夠與白靈老師、林煥彰老師在詩壇相遇，我約莫三十八歲左右才重拾對文學的追尋，因緣際會投入詩的創作，那股召喚的力量，源自年輕懵懂時在耕莘的「蝴蝶效應」吧！

夜鷺

我其實多麼渴望　　　　立於湖邊
你與我共飲這杯　　　　晚霞的酒紅
釀自　　　　　　　　　緩緩的靜謐
湖底　　　　　　　　　不見音頻　的

沉默　　　　　　　　　潮來潮往

有一些翅膀正　　　　　濕漉漉的
展翅　　　　　　　　　拍打

而我未曾是一隻鳥　　　紅著雙眼
假裝會飛　並且　　　　鼓舞雙翅
凝望　　　　　　　　　夜的氣勢

他們都真正的翱翔　　　飛呀！飛——

而我依然在岸邊　　　　俯瞰
粼粼水波風中拂逆　　　過往微塵

兀立　　　　　　一直以來

風化　　　　　　化風

秋老虎

他體內迸地一聲跌落成片
秋陽炙烈斜射，薄影驟然

醫院門診第50號，那是原本預定的行程
問診那年的刀痕，蟹足橫向地繼續囓行

護士叫號：「50號！50號！50號……」

一個著了火的人形幽幽起身
無法抵達的此刻

護士左顧右盼
「51號！」

季節燃起錯過的疤
沒有人知道那條導火線

破

面對鏡面的扭曲，感到如此多汁
月光的背面也同等流洩
水銀的眼瞎了你的
你們同等的刺
卻是水做的寂靜
請不要隨意撬開
沉默是好的。
語言何其乾燥與火
冷是好的。
慢慢地滴，直至銀河都消失
疣慢慢生成衰老的模樣
與所相信的做愛到死
直至時間解剖愈來愈緩慢的心跳
跑出一個孩子，游進鏡面
讓水是柔軟的

右岸，基隆河

一個人在基隆河岸，練著單車
夜景如此暗而絢麗
那些漂然在河水的路燈
如此絢麗而暗
冷不防的夜鷺被我的路過拍翅而去
風依然被我切去夜路
迎向幾絡看不見的蛛絲
幾聲波濤拍向岸邊
幽幽私語於我靜默的唇
一隻蝸牛悠悠匐行
把時間拉長成一條看不見的路
一對愛侶於靜寥處擁吻出一輪明月
把所有的光都變暗
柳樹垂揚起風的去處
逆向的風無聲且無形

冰箱1.0

那只老舊的冰箱罹患了阿茲海默症
所有的生鮮，在記憶裡庫存
漸漸發出腐味，是否
有些壞毀都有一個共通的模式？
漏尿，眼淚結霜，偶爾流涎，恣意為是
嚼不動現實的語無倫次，堅持一生的骨質漸漸流失的撐
視界模糊，看見過去的單純美好，學不會眼前愈來愈多的複雜
按鍵
意識的電源恍惚，慣性成為脾性
曾有過的意氣風發，在被定義為冰箱的身分下
榮光與狼狽並存，被生命的有限性引退

於告別儀式中，以妝扮、鮮花、被言說……
虛擬活的再現

骸骨還諸大地
有一些未竟的語詞，都被埋葬於
無人關切的巨大沉默

偶然被解構：
感謝你一生冰冷的奉獻

洪秀貞

作者簡介

　　輔大中文系、淡大管理科學研究所、法國勃根地大學藝術史研究。歷任臺視文化活動行銷處長、趨勢公關顧問公司副總經理、表現時代整合行銷顧問公司總經理。擅長企業集團、政府機關危機處理建置訓練與輿情管理。目前為自由工作者，偶任諮詢顧問與講師，主要職務為專業母親。曾出版《跟愛情去流浪》、《告別青春的儀式》，遠隔二十年後重拾筆墨，偶有書寫發表於「飛天破學校的費歐納」部落格。

耕莘與我

　　把自己的年歲對摺就回到了青春的那個時候，回到了青春的那個時候就靠近了耕莘寫作會。而這種靠近竟沒有想像中那麼遙遠。我隱約看見了課堂上端坐著的一個個背影，其中交疊著溫文的、熱烈的或難以探索的表

情。一個大二女生莽撞地擠身進去，用喋喋不休的文句宣告她對寫作的熱情。

　　縱使姿態搖晃，她在寫作會裡自在舞動，陸神父、白靈老師和許多朋友放任她的魯莽，以及青春所及的各種叛亂。而今，作為一個平靜的母親，當孩子好奇翻閱母親舊作，仍會喚醒她來自寫作會的血統。

　　在不同時間歷程中經歷過寫作會的朋友們，曾停駐耕莘歲月中的哪一段落？打開曲折的年歲，時間裡如果仍有一些揉不平的摺痕，也許意味著那裡保留了生命最重要的意義。

大風吹起來

你去坐他的位子
我來坐你的位子
大風吹吹沒有固定方向的人
你去愛他的情人
你的情人來愛我
大風吹吹被共用的諾言

只要坐下來，我不在乎你的位子他的位子
只要擁吻著，我不在乎你的情人他的情人
別以為是交換，地球是用來
旋轉的
旋轉　在別人的夢裡　驚醒
回不到自己的，別人的夢，只有再
進入別人的別人的夢

總有一天會
經過自己的位子
大風吹吹不斷換位子的人
總有一天會遇見
自己的情人
大風吹吹永遠戀愛的人

城池的女孩

削尖的森林
以最小的面積忍受冬天
護城河內酒杯佈在兵士的崗位
狩獵凍抖的雲
和敵軍送來的屠城少女
她冰冷的腳步跨過城牆
紅磚傾跌
收起無辜的大腿
君王遂嘆曰
江山抱不進懷裡取暖
美人的朱唇夜夜芬芳

削尖的森林
原來埋伏一回眸便發芽的植物
城池少女的心湖上
踩著夢不成的宮娥們日復一日的忌妒
竊竊私語的廚婦
說前朝皇室醜事
批評過於美貌的嬪妃唾液裡有毒
人主的臉

銀製的器皿
淤著硬塊的血

搵淚在絞刑的亮面絲綢
城池的女孩自稱
沒有溫柔以外的企圖
毀散的城
何能築造稱我千嬌百媚的墳
薄命的青春
如何對壘不死的江山
我只是不具版圖的纖弱之身
君何以為此割裂人民立錐的城

華之惡（答波特萊爾）

我只是一枚凹凸不平的造型
一顆解渴欲望的果子
化妝成裸舞的女郎
在整條賣布的街上
陪鈔票散步

玻璃的小腿走在路上
碎裂地響

用你高貴的鼻舐去
我多傷口的番茄汁液
而你煽情的拒絕
多麼勉強

游泳池每一區間
都開比基尼不謝的花
你忍著莖刺要擷取
流轉的秋波
不過是電磁波的一種
觸動了想抽手　解放
麻痺

異想天開的，忘了帶傘的巴黎紳士們啊
和憨厚的許仙在門外推擠
紅燈區賣兩種蛇
拔牙的
未拔牙的
腥臭的
髮香的

包括教堂後的小暗巷及缺少市容的
臥房
就聽我嚴肅的告解
有太陽或路燈的馬路上
當我與陌生的男子勾肩搭背
不要討論我的貞潔
就讓我把劇情和票價摺疊
棄置在垃圾場而不太佔位

歲月的服裝秀

青春是長腿名模
扭腰一伸展就是無盡的婀娜
吻與愛的印記剪裁小短裙
笑與憤怒拖曳長T恤
流行指針瞥向無辜稚氣
追逐時尚的前一秒
每天都有人陪著衣服不斷老去

來不及完成這一季的憂鬱
又有新的服裝設計

親愛的時間未停息
時間的觀眾請掌聲鼓勵
鼓勵
直到皺紋窒息了創意
歲月剝去一層層衣著
意志、奮鬥、愛欲、蕭條、分歧

健忘常把夢想遺留在後臺化妝間
老年是難以承受的裸體
嘗試穿回最初的襁褓
心靈抗拒但有時隨著肩背腰骨彎曲
遲遲不肯謝幕的蹣跚的回憶
演出最後的嘆息
Cat Walk 小心翼翼
以防伸展臺前掉落任何一枚呼吸

人類不是刻薄的工具

人類不是刻薄的工具
世界不是一塊值得爭執的土地

難民不知道沿著來時的路走回去
每個國家都變得一樣抑鬱
快樂的機率只能仰賴3C

神在百忙中也不能遺漏的旨意
讓愛擴及沙漠大海與陸地
但只有半秒鐘容許人們看見自己
那個彷彿
作為他人意志的工具
作為世界運轉的工具
作為不太沈默卻也不盡犀利的工具
一生光陰用來
學會將自己操作得宜

操作一臺口吐白沫的機器
熟悉政治經濟環保議題與愛情喜劇
忙著參考大數據猜測明天世界的運氣
來不及向流失的生命說對不起

平均最大利益串起南北極
戰爭災難不敵小確幸的槓桿原理
讓股市翻漲把地球舉起
讓怯弱膨脹把幸福舉起
讓地球一端的挫敗失望把另一端的成功舉起

燦爛臉頰在網路上曬得發燙
因此真實陽光的用量減少一半
但實景從來沒有那麼溫暖
虛擬的魚群也許本來就需要游入假造的海洋

每個今天持續為昨日斷章取義
尋找資訊解釋自己
尋找不太重要卻也不得丟棄的道理
如果有一些多餘的說明溢出人生
就當作是點算不清的利息
損益問題留給後人去疑慮

愛情的跡象

愛情剛開始的時候並沒有跡象
在命運的陰影底下乘涼
情人遊手好閒於幽暗
擦身而過的許多眼神與未來不相干

婚姻剛開始的時候愛情快沒有跡象
所有祝福警示告別

依依不捨地遠眺別人的故事
相信那裏的愛情更為可觀

母親溫柔偽裝不想做兒子的新娘
父親在汽車雜誌裡欣賞美女換裝
走入謙遜的家庭劇場
默劇手語朦朧了愛情的形狀

未完成的想念不知道自己的下一站
不能起飛的夜晚
失落的幻想擠滿停機場
無人冒險偏航

輯二

耕莘女詩人群（II）

我所書寫的那道幽微
並非暮色而是
破曉之光

———王姿雯

王姿雯

作者簡介

王姿雯，1980年生於臺南，臺大外文系，英國華威大學英國文學碩士，曾獲第一屆葉紅女性詩獎首獎、臺北文學獎、2013年林榮三文學獎新詩首獎。

耕莘與我

二十出頭時第一次走入耕莘，一個沒有華麗包裝文宣、時髦裝潢的樸質地方。我在那裡，通常是靠邊靠窗的位置上，發現原來自己可以寫詩，而這份書寫的力量我再也沒有放下。感謝妳，耕莘，妳永遠是我文學的家。

寶貝

寶貝，我想和你說
那些淚水
不是為了讓世界
模糊成一首詩

哭泣是行將枯萎的百合
顫抖身軀祈雨的方式

寶貝，你來聽聽
黑暗中我的心跳
比誰都有力
如墓地旁長出的青草
被死亡所挑中
卻選擇了生

寶貝，你老是看不見
我所書寫的那道幽微
並非暮色而是
破曉之光

——第一屆葉紅女性詩獎首獎作品

We Happy Few

那些可愛的戰場裡我們長大
我們因此年紀輕輕神情卻像
一群老兵
除了傷口我們常常忘記還有什麼
可以拿來把玩可以與眾不同？
可不可以就用憂鬱來遊戲
如果他們是詩是曲是這世界
要的開心

──第一屆葉紅女性詩獎首獎作品

九官鳥

牠叫了一聲　許多身影
的陰影　就飛了出來　就拍動
那複製的翅膀　就沿著天空
被擋落下來

那陣翅雨落下時沒有聲音
沒有土地感受到撼動　畢竟
影子存在並不異於影子
消逝

就像牠以九官鳥之姿出現
以九官鳥之姿謝幕

巴拿馬旅館

地址大約是在離那座哥德式教堂九十五個
十字架遠的街口，穿過
幾座賭場，幾間廢棄的婚紗店
在梵谷未曾造訪的梵谷餐廳樓上，我在
那裏進入時間，我在
未來的面前拉上兩道鎖，然後赤腳
於十層樓高的地面上
行走，或者偶爾漫舞，等憂鬱
等憂鬱悠長，如一段爬行中的四重奏
輕囓我的腳尖，而金黃色的沙發

深陷，我被捲入
意識的蛇腹中，內臟
掏空後的熱帶叢林裡蝶群飛出
充滿房間，窗外閃過無聲的雷
而我一想念，就偏頭望見禿鷹
盤旋死亡，「瑪麗亞、瑪麗亞」
門外，一個麥士蒂索人向午後三點
靜謐的巴拿馬旅館深處喊著

情事

1）、立夏

我推開窗戶，在二更
時分，滿月把風照得透亮
乍似遠離的光正在
返回，玻璃酒瓶叮噹作響
我知道那些夜色中隱晦的新綠都是
警告，別脫口而出

詩詞、夢想、所有肉嫩的
弱點，你會來
上一個季節會結束

2）、芒種

那麼來破碎我
凝視我當我凝視山在
進逼，逼我成河
決定我，決定流向
說一種開花植物，讓我聽
一些神播種，另一些神收割
雨進入土地，你進入我
山遠離
山遠離
我伸出手
抓住一串金黃聲響，一條蛇順勢
潛入河床深處
這創世的畫面幾近滿溢
一些神酸乏，另一些神飽饜
種子在充滿香氣的幽深中爆裂
我已完成

3）、秋分

一盞天燈點著了，飄入黑暗
自近而遠，語言熄滅
星星無所回應，晝與夜
等長，那斷面許是由
白晃晃的一把利刃
將世界的完整切開
你是你，我是我了
那邊有神的面具，這邊有獸

4）、立冬

我們來把河搬近一些
山已經說不出話來了，而且嚴肅
嚴肅地冷
夕陽畫好就掛朝南那面牆上
雲可以拉開，這季節
沒什麼刺眼的了

陪入海口坐一會，剝一顆橙
渡輪停了很久，但我們

就在這房裡安頓下來
體溫與果香，春之邊緣
我愛你是因為我愛永恆

——第九屆林榮三文學獎首獎作品

The Republic

我站在廢墟的新址上
撐起一把你倒懸已久的傘
不安定的氣流模糊著出入口，聞起來
像海，在記憶裡邊與外邊
我們摸索彼此的出身
海岸線與沙丘，風蝕與陷落
離開的時間是一個危樓的空間
逃跑路線交錯，行李翻覆
站定後才發現滿手錯拿
於是乎海市蜃樓般的糾葛
令成長停滯

彎曲的光線裡，有人影凹折下去
親吻懸空的地基

一個預言者起身，撐開
一片未來鋼構
為了讓時間成為華樓
我們努力學習砌牆知識
行李成為家具
神壇與飯桌固定出方位
在生活的象限裡
悲傷終於也老去
一種鹹味埋進土地，一種
大口吃下
忘記氣候，記得天氣
適合晾衣的日子裡，將傘收起

尼龍布天空尋金屬氣味攀升
陳年的雨水倒落下來
我們是否曾從一座山脈出發
於入海處迷途於一片溼原
遠方的蔗田是風景或是
逃跑的終點？
安穩的搖椅和飄浮的落地窗

在新雨撞擊聲下，我進入
漫長的閱讀
一些身影冒雨跑過，書頁燃起
所有曾被燒毀的終將舒捲開來
唯一的真理是我們終將一起過冬

——《自由時報・副刊》，2015年3月16日。

鄭琬融

作者簡介

1996初夏，臺北候鳥，在虛實之間遊行，有時候會朝海偏離。

曾獲南華文學獎首獎、臺積電文學獎首獎、x19、Youth Show 143站、《聯合文學·第三七三期：新人上場》刊登。現讀東華大學華文系、耕莘青年寫作會幹事會美編長、「每天為你讀一首詩」小編群之一。

耕莘與我

見到夥伴，好像就可以再走更遠一點。

我們無法從遠方靠近

我們無法靠近遠方　你知道
靠近遠方這概念並不存在　儘管
聲音如群蜂一擁而上
你看不見黃色　那不是
那些真正打擾你的
感覺　時間照舊　冷是滿不在乎
覆蓋就繼續覆蓋　反正
我們無法從遠方靠近
抵達後　那就不叫做遠方
你派人來確定我
繼續阻擾感覺的發生
你卻找不到波源
聲線　那些所真正打擾你的
都特別柔軟牽強

都走過去且無人回頭

向黑暗靠攏
湊過去買幾張報紙
堆在街頭與他們
一起露宿在外

想與一些人群談話
但後來只是
電線桿、路燈或地磚間的雜草

臉後來都磨掉了
反正人們只是
等待　乾燥　瘋狂地清醒

黑蟻

像是用最大的力量去篤信
愛是一種熟透的果實

終究會掉下來
被你我分食、或搶食
那些軟爛甜膩的語言
爬滿了黑蟻

一日後就被踩扁
也無所畏懼的
我們，本來就聚散離合
只碰一碰觸角

塗鴉練習

把我塗鴉
亂糟糟的那種
也沒關係了
喜歡你
用一些比較彎的曲線
把我鬆開
用一些比較輕的顏色
填滿我

最最溫柔的那些
是你選擇不畫上虛線
讓未來的可能
被剪開

隔壁桌的兩人

他們其實不需要　他們
一起吃午餐　其實不需要
互相餵食　擁抱　他們
很多年前其實已經相遇過
你們的介入　花及路邊的蛇皮
其實並不需要　經過
感覺這樣的事情　其實並沒有重量
他們知道　他們
一起互相經過　痛
其實需要

游淑如

作者簡介

游淑如，1978年生，長於臺北，目前定居屏東。

現職為高中教師，正陪著三個孩子重新認識生命各種樣貌，希望在文學之路可以一直走下去。作品曾獲教育部文藝獎、臺北文學獎、玉山文學獎、菊島文學獎首獎、葉紅女性詩獎、雲林文化藝術獎……等。著有《黑夜黯下，所以有光》、《桐花未曾落下》、《四乘二點六》、《雲影上的，記憶如林》、《由妳而來，從我而去》。

耕莘與我

感謝耕莘提供了一個寫作者可以跟許多作家學習的機會，在耕莘的日子，遇到許多志同道合的朋友，度過許多擁抱文學的美好時光，那真是一個寫作愛好者的祕密花園。

潮間移動
——菊島海女的一生

一顆螺
不管喜不喜歡
生在哪顆岩石上
那兒就是它的家

在強勁的風裡長大
不管討不討厭
每一個澎湖的海女
出門前　包好蒙面提上水桶
跨上機車如駕馭一匹汗血寶馬
幾分鐘就能站在潮間帶上
從每一滴海水裡
看出三餐的豐景

有些海膽記憶萎縮後
只剩小小的刺尖還有知覺
妳在潮水的敘述裡
拼湊出一盤最生猛的
青春

一天最多可以拖回上百顆
張揚的果實　狠狠地
把低收入戶的補助註冊單刺破

從月色的銅鏡裡
妳總能找到最寂寞的位置
在手心
悄悄讀取小管的訊息
一則又一則震動是浪
指尖回覆著幾代人前的摩斯密碼
是時候了
清甜情意為守夜的舌頭
紮一根長長的辮子
綰在船邊

北風來
紫菜就蹲在石縫裡
伸展季節的章回
海潮反覆搶印經典的篇幅
映著蔚藍天光
作為一種無聲的宣傳
在耳窩裡萌芽
妳閉上眼潛下水

點算每一寸綿長的隱喻

解開一生沒有離開的謎

浪來 宣示激烈的告別

在慈悲時刻

還給家中母親一個溼透但大口呼吸的女兒

讓衣櫃裡的新娘衣

也聽懂海潮的節奏

在蒙面巾解開之時

——2015年菊島文學獎首獎

複印
——側寫一位印尼看護

Aninda喜歡推著阿公的輪椅

每天走過長長的松信路

轉進永吉路、虎林街的黃昏市場

蹲下來，用生硬的國語跟小攤販買菜

從城市光鮮時尚的縫隙裡

找尋記憶中的熟悉感

彷彿，飄洋委地的泥土
和印尼家鄉的顆粒相同

新的雇主極滿意Aninda的伶俐
每次化療完的阿公總是吐得滿身滿地
她二話不說跪下來，細細擦拭所有穢物
溫柔地，用微熱的毛巾安撫阿公每個震顫的毛細孔
想念在微光中靜靜流轉
海的那邊，她那未滿周歲的孩子或許也還在吐奶
Aninda笑著把手裡的浴巾繞成一朵肥肥胖胖的玫瑰
在臉盆裡　看它緩緩綻放

帕金森氏症一天天奪去阿公的飲食自主
Aninda親手縫了素樸的圍兜兜承接潺潺的口水與湯汁
清晨，她用排骨、香菇、紅蘿蔔熬好濃粥
午餐，她撒吻仔魚、薑絲、豆腐煮成麵線
傍晚，她將紅棗去籽、剝好桂圓乾泡養生茶
晚上，她煨好土雞瀝去油脂，奉上一碗誠敬澄澈的熱湯
面對全家感激的情感襲來，Aninda只是退回小小的行軍床
靜靜地，繼續摺疊她汩汩的愛

每一次爐火開啟
Aninda的母性意志便被引燃成明亮的風景

把臺北這邊黯淡的殘枝照醒
把印尼那邊初萌的新芽呵暖
在生命的最初與最終之間
幸福地穿針引線

——2015年臺北文學獎優等

日拋印象
——麗池湖畔豐景隨想

雲影是日拋的
昨天繾綣無法移動今日星圖
鴿子把羽毛歇在高高枝枒上
輕輕釣起一顆
明晨將誕的露珠

漣漪是日拋的
沿著九曲橋蜿蜒走過玻璃長廊
鴛鴦跳進七彩折射的夢裡
優游
如兩滴驚嘆的夏日
日日的波長不同

水榭是日拋的
從白羅曼鵝伸展的頸項深處
時光慢慢走
昏黃的記憶漫漫染
染成滄桑昨夜與
幾聲長鳴互和

整座麗池湖是一盒日拋風景
晴天時攤開自己的微光
成群的虎錦鯉朝閃爍彼岸泅泳
排列卷卷溫柔詩集
陰霾時關上腐濕的百葉窗
躲在每一扇木窗邊緣
與躡手躡腳的寂寞私語
愛的時候河津櫻傾倒大規模喧囂的浪漫
不愛的時候連柳樹都沉默地把祕密忍進冰冷的湖心
我們依偎在風城的心頭上
日日感受迥然的溫度
微笑是明白
一種深深的懂

——2015年竹塹文學獎第三名

在港邊，跟著您的節奏游動

跟著您的節奏，游動
沿著彎彎的巷弄
一滴東港的海水鹹鹹地
滲入百年的街道
把懷舊凝視成為
老樹身上盤根的孔竅
城市的每一幕顫動
在微光裡　依序放映

前景是港
海浪捲起一條又一條鄉愁的毛線
船上的桅桿就是記憶中的棒針
織山川海雨
織天光雲影
以海綿遇水膨脹的速度爆發
延生一卷阡陌交錯的
親情航海圖

斑駁的圖上
印染著櫻花蝦的指紋

播放著浪潮的來電答鈴

白鷺輪流銜走一片片薄薄的月色

去粉刷大鵬灣的幾顆熱氣球

然而　那是夢

就算天黑

註定升空，就得燦燦亮亮的

像夢該有的顏色

生命該有的光澤

沿著大橋激昂的七彩燈火

我們還是天地間一潑水紋裡

兩尾小小的魚

泅泳還是繼續

如夜恆常接住星

而你，永遠接住我。

——2014年屏東徵詩首獎

蹲下來，輕輕說愛

蹲下來
在指尖猶帶著潮泥的老婦面前
熟練地挑幾只紅燈籠似的牛番茄
飽含水分的黃瓜以及
嫩到可以掐出水來的綠竹筍
青蔥兩把老薑半節
以分鏡一格一格烹調出
大地的溫暖氣味
塗抹小廚房裡的每面磁磚
比土司上的奶油更濃更香

蹲下來
用滿滿一臉盆的冷水輕輕漂洗
溢奶圍兜以及滴著口水的肚衣
無香精的肥皂柔軟易融
像妳心中每一個飽漲的毛細孔
仔細聆聽在夜半的每一聲嬰啼
即便更多時候其實只是窗外的
野貓踩住春天的賀爾蒙

在海葵柔鬚裡
逗弄一尾需要拍嗝的小丑魚

蹲下來
拾起掉落幾莖易脆的白髮以及
泡過湯汁的糊爛飯菜
年邁的手總是承不住歲月拉扯
湯匙再大也像迷航的飛機
每每偏離航道
撞開童年記憶的那扇門
他或她曾經也耐心呵護著妳
一口一匙地餵
餐餐都甘心跪在地上
次次擦拭著漫溢的關懷

蹲下來
撫摸著冰涼的石刻名字
妳一生不曾呼喊但此刻卻只能默默記誦
每隔十秒妳腦中播映數百張照片之後
必須抬頭
假裝看雲以及
天空的表情
然後繼續讓記憶堆疊

攀爬 蔓生成
此刻披覆的草皮
每一根都插住悲傷的穴點
在白菊花與庫銀之間
排成柔軟地
一把弓
日夜拉著寂寞的弦
在風裡
每一個弦音都張開小口
輕輕地
把愛催熟

――2014年教育部文藝獎優選

攝影／林昆輝

顧蕙倩

作者簡介

　　顧蕙倩，國立臺灣師範大學國文系學士、淡江大學中文所碩士，佛光大學文學系博士。大學時期參與師大噴泉詩社以及地平線詩社。曾任迴聲雜誌採訪編輯、新觀念雜誌採訪編輯、中央日報副刊編輯，現任國立師大附中薪飛詩社指導老師、國文科教師、銘傳大學應用中文系助理教授、聯合報及人間福報副刊專欄作家。作品曾收錄《九十二年散文選》，並曾獲師大噴泉詩獎、臺北詩人節新詩即席創作首獎、國立臺灣文學館愛詩網現代詩獎。

　　2014年10月及2015年1月與顧凱森合辦攝影詩文展，2015年4月及7月與小老鷹樂團合辦詩樂跨界表演，2015年12月在寶藏巖國際藝術村舉辦詩展。出版《逆思》（顧蕙倩ft.小詩展老鷹樂團）詩樂專輯、詩集《傾斜/人間喜劇》、《時差》、《好天氣，從不為誰停留》，散文集《漸漸消失的航道》、《幸福限時批》，漫畫劇本《追風少年》，論文集《蘇曼

殊詩析論》、《臺灣現代詩的浪漫特質》、《詩領空：典藏白萩詩/生活》
等書。

耕莘與我

　　從升大二的暑假就開始參加耕莘寫作營。那時還是師大國文系的直
屬學姊羅任玲知道我喜歡寫詩，還決定加入師大「噴泉詩社」，就拉我參
加耕莘暑期寫作班。這一加入之後，就成了暑假的課外必備活動，從「現
代詩組」到「現代戲劇」組，豐富精彩的文藝課程，開啓了寫作的多元面
向，也認識了許多愛好寫作的朋友。

　　「大禮堂」的戲劇表演，「寫作小屋」的促膝長談，不知不覺內化成
生命寫作的習慣，那青春生命孤燈獨坐的風景，雖是孤芳自賞的象徵，然
而一群文友吟詩談心的風雅情懷，亦是文字與文字互相取暖的洞穴文化。

　　我們都是文明社會的山頂洞人，有時在自己的闇黑洞穴裡塗鴉著壁
畫，「耕莘寫作班」就是洞穴與洞穴之間的谷地，山頂洞人有時出來曬曬
太陽，互相拿儲存的食物和溫度、互相問候，谷地提供花香和果實，也提
供一棵棵的大樹可以想像和攀爬。

孤獨

坐在大樹下
任葉脈在血液裡
無限擴展
一條又一條歲月的河
流動的靈魂
靜止的島
你沉思的倒影
細數著月光

山徑

獨自擁有晴空的自由
山頂那棵大樹，聽你說起
和自己的根鬚
一起呼吸
和風
一起歌唱

穿越密密麻麻風雨的竹林
筍金龜、山羌
秋陽的身影
沿著小徑踏過
苔蘚
爬滿羊齒植物
雨季過後的泥濘
一階
又一階
終究我們來到樹下

土壤溫軟適合好好休息
雨鞋濺起水花
踏過路徑
如霧
飄流無蹤
撿拾秋陽映照
鮮黃果實
終究我們來到樹下

誓約

夏末秋初之時降臨我們這座島嶼
依約而來的強颱
帶著九級陣風
以及暴雨
在山川與海洋間穿梭
你熟悉的狂熱靈感是我夏日的呼吸

為我寫詩
風雨的筆觸儼然你前世的記憶
這充滿回憶的大地
傷痕纍纍後會看見仿如新生的嬰孩
那嬰孩還在母體的黑潮裡洄泳
為你睜開雙眼揮動雙手
瞬間振翅
化為灰黑的暗光鳥飛向海岸

站在潮間帶
聽到哭聲和笑聲都飛翔在立霧溪口
該沉澱的都已蛻為山脈的低谷
該流逝的都將一一流向海洋
潛伏的礁石、肥美的魚群仍在

暗光鳥縮起右腳沈默睡去
覓食後安靜的休憩
你寫的詩裡
山也靜好，海也靜謐

習慣點讀你寫給我的詩句
風停雨息之後
我知道
再多的諾言在詩裡
都成了山川與海洋
如是遠觀，所以靜美

傘

你從雨裡來，不曾遺忘的過去
為你收起一把傘
天晴了，你走了，傘擱著，心還在
還在枝頭唱著兒時的歌
巷子底還有棵菩提樹

你從雨裡來，你帶著一把傘
濕淋淋的心情
留在巷子底的美好時光，為你收起
來我這裡
收起溼淋淋的記憶
為你
寫一首詩，巷子裡的詩意
透明的傘，有無的色彩
留在詩裡
這還有藍的紅的各種繽紛的心情
這城市的風景
都一一為你細心收起

天雨了，你來了，傘開了，詩
還在
當雨又落在這座城市
等著你，拾回
這把傘
終究不願遺忘的時光
天開了
傘
開了，詩還在
古老記憶也閃閃發著光

窗外葉隙間
帶著笑意離開
為你收起一把傘，為你寫詩

天晴了，你走了，傘擱著
心還在
留在巷子底的那棵菩提樹下
天晴了，每一把傘
每一首詩
都開在樹上
唱著兒時的歌

旅行箱

所有的站名
跑離螢幕
掌紋清晰 展——開

但是，就要看不見海了
「時間從你開始」

佈滿皺摺的海
從那兒，我們攜手前來
回應
島嶼的承諾
一整座海洋
只裝滿
小小的一只旅行箱

薛　莉

作者簡介

市場公園隨處可見的大嬸，
生平一無是處，
偶闖臉書，
鑄下大錯。

耕莘與我

大家好，我是薛莉，我不太會說話，說話很困難，對任何事都無法發言，很抱歉。但我很感謝耕莘當年的栽培，這份情誼永誌心中。

命運好好玩

命運從不疲累，更不休假
他高大英俊，嘴裡開出花朵
你相信所有厄運只是意外
是你不夠好，不夠固執深情

把祕密告訴他
把欲望交給他
換一把閃亮的鑰匙
打開身體的河流

你老了，兩手空空
他仍嘩啦啦地洗牌
用鴿子的笑容慫恿你
再來？賭最後一把

讀詩

坐很慢的火車
旅人稀少的慢火車
手指進入，撫摸你
和天色一樣的詩句

變幻的世界請慢下來
人聲請別肆意浮動

當你查覺，我停在
你身體的某一站
不能現出任何表情
那是我們的祕密

遺失的句子

遺失了一段句子
雨將夜淋的濕透
以致尋找愈加困難

找累了，她坐下來
懷疑自己曾經沈沒水底
或是留在老電話裡

某些時刻，她試著撥通
老電話轉盤的十顆眼睛
一群雜聲從遙遠的歲月奔來
找到了，在這裡
怎麼運給你呀？

愛家的縱火者

傷口啊！愈來愈大
裂得整個世界啞口無言

聖戰士不屑地輕轉一下鞋跟
縱火者便立即從右側內袋
抽出演講稿斥責一遍

他回家的時候
前院走廊的燈溫柔地亮著

孩子都摟著泰迪熊睡了
妻子遞上新鮮果汁
在他額頭留下甜蜜一吻

晚年

所有的話，都已說盡
此刻，我們對彼此道謝
謝謝你，容忍我犯下的錯
謝謝你，還愛我垂暮的眼

清粥舊碗是一餐
倚木門，懶修花
電話響了，不接也罷
我們都那麼老了
什麼消息沒聽過

你看，年輕的螞蟻
和我們以前一樣忙
雨水還是雨水

黃昏還是黃昏
你還是你，我還是我

許春風

作者簡介

　　許春風，對文壇盛會避之惟恐不及的幽靈人口，是個人出版工作室的（文字、美術）雜役，作家簡媜有另一種說法叫做「多功能處理機」。

耕莘與我

　　2004年底白靈老師和夏婉雲老師，把我提到楊昌年老師家聚會，農曆年過後，我就正式成為耕莘寫作會楊老師文學研究班的一員。

　　上課的教室在耕莘大樓的頂樓，每次上課順著階梯一級一級迂迴而上，然後穿過寬闊的露臺走進教室，露臺有時候安靜濕涼，有時候爽爽清朗，如此重複而歷經數年。

　　感謝這一切相遇，感謝那些真誠、美麗的招呼語。

芹壁村那日

陽光斜斜仄進屋子裡來
時間厭厭的，老牆有些倦怠
窗外，潮汐正在殉美一隻烏龜的化石

篆體似的
妳長長的髮辮背在粗藍布身後
甩啊甩的
就甩出一首小令

而山城的孤獨是不涉事的希臘
我們用謙卑淺淺交換

那光影處相視的一眼

好像我轉身，說了句什麼
剩下的微笑，就被妳撿走那樣

青石已刻上黃昏

坪林老街的人間四月

靜靜的午後，兩隻燕子的剪尾
恰巧擦過人間四月的三寸鞋

那是著上釉彩從清代的光影裡嬝步走來的
走到春衫老了，瘦了
一朵朵繡在閣樓上的剪粘都脫了針腳
門板上的盤釦，也褪了顏色

就在廊下發起了呆

新沏的茶香浮凸於薄薄的人煙之中
斑駁的石牆則浸泡在濃濁的空寂裡
只能微笑對坐
一起收聽老收音機咿咿呀呀咿咿呀呀
用抖音熬煮等門的無奈

一個盹兒一百年
醒來發現陽光迫切地在窗條外的木椅子上
雕花、題字

然後，想念起：
那個茶歌與木屐相褒的時代

———第六屆「新北市文學獎」新詩首獎

五月落雨的豎崎路

雨落到五月的腳踝
豎崎路上才要暮色，時間
就嘎然不動了

彷彿掉進一個犯規的夢境———
所有的喧鬧都遲到
所有的戲都還未上演
所有該腐壞的都還沒傾斜

只看見層層疊疊的老屋和廊下的青苔
以及那些燒紅紅的燈籠與對聯
以及被雨水打亮的街心

以及一雙沾著霧氣的繡花鞋
正等著，和石階下來的人
　　　　　　錯身……

角色

我們可以佔領陸地
但無法佔領海洋

我們可以佔領一座城
但無法佔領一座黃昏

總是布偶般，以生、旦、淨、末、丑的
行當，真實演出

戲服一件一件穿上，又一件一件
被打落在浪潮的尖頂上

失速的轉音如潮音

大成濕地／許春風攝

塑像

寧可被光影雕琢
也不願被石英的滴答聲震裂
我是投手
我是捕手
我是自己的本壘

臺北花博／許春風攝

歐陽柏燕

作者簡介

　　歐陽柏燕，福建金門人，曾獲優秀青年詩人獎、教育部文藝創作獎、臺灣新聞報西子灣副刊散文獎、年度最佳作家小說獎、耕莘青年寫作會小說獎、散文首獎、海洋文學獎、浯島文學獎、馬祖文學獎、國語日報兒童文學牧笛獎（圖畫故事組）佳作。

耕莘與我

　　「耕莘」是我創作過程中一個很重要的轉捩點，在一片溫馨的園地，我和一群文友說說唱唱、彈跳在多元創作的美韻裡。寫詩是為了鼓動隱形的翅膀，貼近另一個孤獨的靈魂；寫小說是為了保留震撼我心的好友故事；寫散文是為了抒發難以對人說的心情密碼。它們後來各自長大，在春天抽出許多嫩芽，形成現在的我。當我持續創作，倘佯在詩、散文、小

說、繪畫、繪本、裝置藝術、劇本的多元創作時，每一次回首從前，我都會感受到當年被「耕莘」擁抱的溫暖，一片燦爛美好時光，長駐心頭。

迷彩八爪詩

浯江溪口，一隻感性的螃蟹，在沙灘上寫了一首詩，
等待浪花的眉批，浪花看也不看，一手就把詩抹掉。

螃蟹不死心，爬到海岩、碉堡上繼續寫牠的詩，久久
，把自己曝曬成一首絕句。

螃蟹之詩，包藏迷彩心事，無人理解的哀愁，是一首死
不透的歌，得用鎚子、榔頭敲擊，才能釋出糾結的詩味。

一個迷彩人形，提著一首絕句，走向浯江溪口，一個高浪襲
來，海岩來不及驚呼，八爪詩剎時被撞成一灘血紅蟹殼！

黃昏，走過古寧頭

完整的一生不該戒備砲擊
不該在清明紀念許多烈士
牆面上密佈的彈痕

不該變成生活收藏
綿長的優美海岸
腳印不該踩著死亡名單

比死亡更深的寂寞
讓生者保持緘默
專注哀悼
哀傷的洞口長出青苔
斑駁的痛處藤蔓漫爬
危機詭譎如霧

瞄準一座島嶼
一個村莊
一個人戒嚴解嚴
激烈的活上五十年
也整整死上五十年
不絕

晒衣

整個下午無所事事
我和寂寞的衣裳一起追求陽光
碎花短裙
叉開換季的憂鬱滾邊
一朵朵菇狀的嘆息圓點
招惹帶鹹味的風

淡黃的薄紗
勾搭牛仔堅定的信仰
一整排釘扣閃閃發光
我聽見粉色的被單
傳來夢潮動盪不安的囈語

長長的午後
思念蒸發成雲朵
我敞開淺綠的荷葉
想像你長街一般遙遠的對襟
紐扣鎖著不能輕解的承諾

各種顏色衣裳
在陽光的愛撫下滿足睡去
乾燥的夢沒有褶痕
失去顏色的我
越曬越潮濕
陣雷響時忙收衣
眼睛卻早已下雨

河邊謎題

河邊
是花是樹是鳥還是沈思的魚
日夜記載舟槳划出的歲月

舟槳
疑惑水流回家的方向
是雲是霧是雨還是凝固的冰

水流
追問舟槳划出的牽絆
是水草是飛鳥還是岩石的心事

往事

探索密碼的影子

遺忘體溫顏色

上弦月

割負心漢的影子成彎刀

下弦月

割芒草的耳朵成風聲

誓言墜落

星星一顆顆發芽

於淑雯

作者簡介

　　出生在臺灣臺東的一個小鄉鎮，然後住過屏東、臺南，現居住新北市新店區。任公職多年，正等待可以心隨意轉的退休生活。

耕莘與我

　　第一次到耕莘文教院學習，是生命正逢陷落、斷層階段，那時雙手需要鼓舞、腦子需要轉換、心情需要調溫，所以耕莘的寫作課成為重要的媒介與冀望。於是，我慢慢地回過神；於是，日子開始有了滋味。

　　那段時光，幸有如楊昌年老師、白靈老師等所有老師，總是竭盡所能傳授各式各樣的武功，他們教如何閱讀、如何欣賞、如何聆聽、如何觀察，然後耐心等著大家成長。

　　今欣逢耕莘五十週年，感謝五十年前寫作會的誕生，感謝五十年來的過程，感謝五十年後依然屹立，展望未來，除了感謝，仍是感謝，感謝一切。

我不是旅人
——記遊綠島

我不是旅人
卻在一座島嶼中流浪

漸漸知道
海水和眼淚從不比賽鹹度
因為瀝不出情感的純粹
魚群來去努力忘記珊瑚的美麗
因為畫不了靈魂的天荒地老

用太陽的熱度去回味自由的滋味
用潮汐的聲音去推敲光陰的腳步
原來故事是真實的傳說
但拍岸的浪如何測量夜的黑
夜曲如何唱盡愛情的艱困

只能靜坐
靜坐成山
靜坐成岩
靜坐成島嶼
我真的不是旅人

青春嶺

話語是鑼，笑聲是鼓
將山徑走成一列迎親隊伍
冷泉在山的心中奔跑
跑成熱情的瀑布
偶而露出身子，在石塊上跳舞
有時擊掌嘩嘩，擾了耳膜
陽光被一朵烏雲挾持
雨便乘隙掉落傘面，編了串珠
至於山風，一直在林間閃閃躲躲

很想知道誰可以在嶺上站成不老的青春

一牆長長的名字

一牆長長的名字
一疊綿綿沈沈的哭泣

生與死，有期或無期
鮮血在時間之河開出蒼白的花朵

風雨貫穿未知旅程
與船底滑過的水紋在海上相遇

駛進渡口
視線橫著山脈與海洋

血腥從夢的邊緣瀰漫而來
淹沒倉促的呼吸

一列列小小窗口是渴解鄉愁的井
穿透的月光藏著傷痕

一雙雙小小瞳孔是望穿海洋的鏡子
映照而出的船帆失去方向

於是月光裹身
冷了回家的路

於是一牆長長的名字
熱了歷史的眼睛

十一月的湖

太陽踮著腳尖在湖面跳響踢踏舞
踩碎十一月的一疋藍布
光，陸續崩裂成金銀
空氣被暖了身，匆匆甦醒
微風與水聯手推著波紋玩耍
捲過童心叮噹的笑
捲過青春燃燒的夢
還有，剛走來的哀樂中年

氤氳在視線內漫過山頭
撿起林鳥叼落的啾啾
連同樹叢的綠，摺疊入袖
把眼底養成桃花源
等一座山伸出雙臂
將天荒與地老統統抱進懷裡
管他熱鬧或冷清

你的白晝與黑夜

白雲在上　日光閃閃
麻雀吱喳如舒展的新葉
基隆山邊一抹
安安靜靜的　綠

軌車匡啷匡啷滑進
身體蹬一下頭歪斜一下
其實你早知道
與地表的距離
是生活與生活的交談
其實你早知道
鼻膜蜷曲著幽冥的濕氣
而瞳孔只能睏乏著

然後隧道裡的暗
染白了歲月的肌肉
洞內裡的空寒
冷卻了心跳的血液
黃金是別人的顏色
蒼茫的灰只屬然你

其實你更早知道
如此白晝也是黑夜
而那盞頭燈是出口也是盡頭

你回眸
月光正輕輕搖著葉尖的微風
仍是那份安安靜靜

邵　霖

作者簡介

黃惠真，號德秀，筆名邵惠真、邵霖……，2012年底為紀念父親又名小舟。1968年春天生於臺北縣。復興商工美術工藝科畢業，曾專事設計、美術編輯。1992年，跟著哥哥九思到耕莘玩，順便編起《旦兮》、畫插圖，然後也做過耕莘實驗劇團平面設計，寫作班典禮布景等，沒想到，學寫作寫到轉業。

這幾年隨興寫的、畫的、拍攝的、拼拼湊湊的，發表在部落格〔黃篤生的書法藝術〕、〔九思的黃氏珍藏〕及〔小舟的迷航〕。

耕莘與我

小時候我只得過美術類獎項，中學時寫的詩只能自己看，二十幾歲後卻因耕莘師長指導有方，教我也能出小書、得小獎，如耕莘文學獎小說

首獎、散文首獎、新詩評審獎,臺北市公車詩文小品文首獎,臺北縣文學獎、宜蘭縣冬山河徵詩第三名,自立報系「魔術羊童詩比賽」成人組優選獎,有詩被收錄在《可愛小詩選》、《當代愛情詩精選》等。這些都是前輩作家的功勞,包括爸爸書架上那些經典詩詞的作者們,一同孵化我的詩文夢。

學會寫作這件事,讓生命中曾感受的哀怨悲喜,都別具價值。很感謝耕莘許多師長無私的奉獻與提攜,也願這美好的精神傳承不斷。

願

我願意
端坐於一件青瓷面前
與他隔著玻璃
守候
守到自己化為一種土
可以讓巧匠製成另一件
青瓷
放在他旁邊

白雲抱幽石

可愛的白雲
　喜歡上閑靜的幽石，
時常環繞著他。

俏皮的白雲
　突然來個大擁抱，
幽石默默微笑。

多情的白雲
　　舞出千萬風姿，
幽石泰然自若。

——〔小舟的迷航〕部落格，2015年4月11日。

天黑時

沙灘一定睡得最好吧
有海媽媽的手輕輕拍拍
就算白天被討厭的人亂踩
傷痕只要給浪花指　修一下就平了

夜空失眠得閃出淚光
有幾滴想窩進大海懷抱
卻翻滾成沒人敢碰的燙石頭
氣呼呼地在逆風中　迷路了

——〔小舟的迷航〕部落格，2012年12月30日。

飛

畫自己在風箏上
用想像飛翔
飛到好高好遠的天空
俯看，留在地面上的心事
就小得像螞蟻的微笑

——首屆臺北市公車詩得獎作品，
《中國時報》，1995年12月8日。

柔　之

作者簡介

　　柔之，師大英語系畢業，美國州立印第安納大學進修。曾為教師、譯者、出版社編輯。出版過詩集《馴順的黑水仙》、散文集《窗內》、譯書《無武裝之夜》、《莎弗》、《漫步文學倫敦》、《浮華爵士年代》、《幻滅爵士年代》等。

耕莘與我

　　耕莘寫作會是我唸師大時就熟悉了，也是在寫作班上認識陸神父的。後來蒙陸神父推薦我的詩集《馴順的黑水仙》，讓我得以加入成為會員，為此我常懷感恩，至今不忘！

　　耕莘寫作會令我印象最深刻的是，會友都是多才多藝的人，熱情又可愛，互助互愛，栽培了許多寫作青年，我當年也是白靈和夏婉雲老師引進

的。耕莘寫作會能持續至今，朝氣蓬勃，欣欣向榮，我想是陸神父的精神所在，為此我也常感謝天主。

　　我常跟人說起自己並不是詩人，只是愛寫詩；因為我讀過古今中外許多名家的詩之故。然而我畢竟懂詩，有報刊雜誌會登載我的詩，表示我的詩受到了認同和肯定，我的心願也達到了。在都市生活能隨處有詩，那是種福氣，即使寫得淺白，但生活還是詩意的。這些詩中有我對都市生活的熱愛流露。綠化的都市是可以入詩的，都市景致能入詩，我自己也沒有什麼勉強之處，反而覺得自豪，當然它也要是詩意的。

詼諧曲

一群雨趕往門廊「避雨」
門廊笑著拒絕
雨在門階上跺跺腳
順此滌去臺階上的煙塵

門內的雨女人
養著一隻雨寵物
開門一見如故
迎雨入屋　愛雨及風
風雨滌去夏之酷熱

風雨故人其實都是她自己
無人陪她走過空盪的門廊
只有養在掛籠裡的
風雨無聲

——《人間福報》，2005年7月7日。

一片好透明風光

透過玻璃牆
城市有一片好透明風光在旖旎
一切皆動靜有致，
我只是旁觀的參予

參予風光是閒情昂貴的消費
我們寧到莫內的睡蓮壁畫室
枕臥清涼幽靜——
無價的方寸金銀

為什麼總有人
不知情地闖入這片風光
擾亂自然秩序
我們的視覺不再能參予宴饗
不再能參予
與人悠閒無事的凝視，以及
悄然揮袖而過

城市有一片好透明風光在旖旎
動靜之間
總有莫內的睡蓮池讓我潛棲

潛遁之際
不見一人

——《中華日報·副刊》，2004年7月28日。

漫步長街

彷彿走進薄膜牆築起的隧道
透著淡淡天光而明淨
牆外隱隱有車陣揚聲而過
剎時在柏油道遺下一匹靜靜
繡著綠地花色——
珍貴的瞬間　隨後
又是一陣車聲駛過
掩蓋了這匹靜美

那動態的美　就在遠遠
晨過後活潑的時間海裡波蕩
為何我總走不過去
讓時間細細淌流在晨間
這裡有我清堅的縷縷晨夢

隧道漫長無盡
總有傾洩的天光沐身
還有瞬間的靜美　以及
憩息的現代咖啡館
就在街角觸及新異的未來

未來，我們總想這樣——
生活在城市透明的隧道裡

——《聯合報‧副刊》，2003年6月22日。

一叢幽紫

我把它供奉在捷運的高架橋下
那麼幽靜的自處
它吐露出藍紫的芳香
也不說立體的語言
只有凝靜不散的芬芳
平鋪直敘的香氣兀自欣賞
除了供奉它的人之外

路人都趕捷運去了
留下永不惹人注意的幽靜

——《人間福報》，2007年10月22日。

都會瞬間

都會生活
只可能瞬間　斑駁陽光
經過我　當我坐在車上的窗旁

斑駁有種參差美的印象
像記憶中破碎的組合
躍動的拼圖影像
光與影無間的混合
一閃而過　分不出人生的真貌
只是不合邏輯的美
東方情調

——《人間福報》，2007年8月3日。

輯三

耕莘男詩人群（Ⅰ）

愛　是一種靈感
不是雕像
它一具體　就會死亡

　　　　　　——許常德

高大鵬

作者簡介

　　高大鵬，祖籍山東青島，1949年生於台灣基隆。畢業於臺灣大學中文系及比較文學博士班。曾任聯合文學總編輯，曾任教於國立臺北藝術大學、東吳大學，現任教於國立臺北商業大學。曾獲國家文藝獎、中山文藝獎、時報文學散文首獎及推薦獎。著作有詩集《味吉爾歌》、《獨樂園》，散文集《追尋》、《永遠的媽媽山》等，學術著作有《少年胡適》、《唐詩新論》等。現為佳音電臺「藝文櫥窗」節目主持人。

蒙太奇

開麥拉
遙遠的聽筒在喊話
戒嚴以前
走過不快活的城市
等候日蝕

別人的影子
來到自己腳下
不屬於自己的鄉愁
淡淡化出
仰景是長鏡頭的沉默

鄰人的話聲漸響
突然雷雨將我們包圍
如夏日無端的哄笑
如掌聲
如被攻擊的長街

而一切太遲
送殯的人都被埋葬

小旗升起，向天發報
群鴿爭議的廣場上
銅像出走

博物館

博物館
遠在太陽的視覺之外
它停步在一個神祕的地點
沒有電話接得過去

三月的時候
孩子們在草中露臉
像遠方來的觀光遊客
並不計較遠虛構的莊嚴

天堂
或許便如這啞劇的一半
對於那不愛說話的主人
沒有人被允許試探

除非是偵察的飛機
突然消失在浩渺的午境
一種喊聲的遙遙打斷
彷彿來自死亡的邊沿

火災

動員所有的眼線
觀察一場神祕的火災
那發生在恐龍年代的毀滅
猶自震撼在造山運動的初期

沒有誰報警
沒有，每張臉上浮動恍惚的喜悅
喚起死亡之幻象在天宇深處
長夜的陷落無力自拔

而遙控在炎熱的地心
喧嘩的罪惡擾亂聲納系統
迷走神經迷走亡靈的電路
斷了，盲目的天使碧落黃泉

而終場仍將是乏味的結局
人潮漸息如飛散的火花
天國的盛景不再
退票，消防的車隊敗興而歸

預言

快樂王子的幻影
無端出現在都市上空
打開所有公寓的抽屜
洗印每一張空白的臉孔
讓晚夏的夜雨擴散於高空

嘩笑
以及電車纜的燈語
不快樂的戀人在天邊散步
沒有一座鐘能指出
這是哪一個不會發光的時代

而那年小西風裏
有人高聲叫賣著月亮

　　所有的汽球都升空了
　　　向閉眼睛時候的天
　　　　搶購星夢

街的幽靈

你會看見他
每夜
在有電線的城
出沒

扶柩的工人
遠遠在街頭喊話
你會看見
發光的路上有他

街的幽靈
每夜出沒在宵禁的城裏
而沒有一根電線
敢歌

癥候

早晨的我
走在下午的街道上
下午的工廠
冒著早晨的煙

建築
張開扇形的臉
廣場
揭開風暴的天

我仰首
全城的馬探出窗口
我垂首
十二個人在街頭沉思

而陰影
是誰在高塔上監視呢
是天使
還是瞭望的哨兵

方文山

作者簡介

　　方文山，1969年生於花蓮富里，籍貫江西於都。五歲隨父母遷居桃園縣，兼詩人、電影導演、作家、作詞人，出版社發行人等多元身分，為新韻腳詩的主要提倡者。曾以《威廉古堡》及《青花瓷》獲第十三屆及第十九屆臺灣金曲獎最佳作詞人獎，歷年也曾獲其他多種詞曲獎項。已出版《關於方文山的素顏韻腳詩》、《青花瓷：隱藏在釉色裡的文字祕密》、《中國風》、《親愛的，我們活在最好的年代》……等多種。

耕莘與我

　　大概是十五年前，有一個歌詞創作班，記得有武雄、林秋離、還有范俊逸這些老師。那時候我在桃園，加入唱片公司沒多久，可能一年多吧，看到報紙好像登什麼寫作營的訊息，我以前學歌詞都是自學，怎麼會

有一個寫作班教歌詞創作呢？我想去增強一些創作技巧，就滿有興趣的參加了。

那個班師資滿好的，武雄老師主要是寫臺語歌，而且寫得很好，林秋離老師也是一直都有作品發表。雖然當初自學、投稿、加入憲哥（吳宗憲）的公司，實際上課我覺得對於歌詞創作，不管是方法、形式都是有幫助。

耕莘比較像小家庭很溫馨，有點像小班制。師生容易打成一片，直到現在那些老師，甚至副班主任陳謙老師，都還一直有聯絡。

——節錄自記錄片／方文山口述／許春風整理

燈下

燈下　讀罷金庸　自覺詩興大發

將月光洗淨瀝乾　舀一勺丑時煮茶
一道 澄黃的書法　於天地間落下
這墨色在仿禪的對話　為詩而詩　易出偽畫

也罷　將殘詩擱下　江湖不過殺與不殺
英雄　也不過只是幾個章回　的瀟灑

在擱筆縱馬處　詩與非詩間的　尋常人家
竟也　炊煙嫋嫋　成天涯

潑墨山水

篆刻的城　落款在　梅雨時節
青石城外　一路泥濘的山水　一筆凌空揮毫的淚
你是我潑墨畫中　留白的離別
卷軸上　始終畫不出的　那個　誰

英雄塚

縱然　將軍面對的朝代為　泱泱盛唐
這酒肆裡的繡花鞋　卻令江山　如此委婉

膽還懸在樑　簷外那枚　楚腰纖細的夕陽
卻已沉入　伊人深閨裡的染坊

酒招旗　剽悍的晃　也野不過紅顏回眸　一閃
該是刀落的客棧　卻任由一張宣紙　在魚雁往返

提筆的手　也還不夠力懸腕　詩卻已初露鋒芒
漢字　竟可如此細膩的　兒女情長

腦前葉的某些記憶層

腦前葉的　某些記憶層
綠洲的水草　異常肥沃茂盛
匈奴騎兵剽悍凶殘的　刀刃

之後　就在也記不起什麼是
用筆也無法勾勒的　漠北孤城

純潔的白紙　正描寫著血淋淋的出征
我用筆謹慎　一字一句交代這文章的成分
是剖開小腦　挖掘海馬丘的　墳
檢視腦細胞的橫切面　對照更多的疑問

這文章總開始有些　西漢王朝的氣氛
家鄉被刨起樹根　莊稼　被焚
之後　就再也記不起什麼是
敦煌的駝鈴　遙遠的　羌笛聲

僧人們失去了虔誠　商旅沿途被犧牲
這房間的檯燈　開始尋找信仰的神
我紊亂不堪的筆跡　終於　終於被攻破城門

我染血的胄甲　被好多箭矢瞄準
妳在樑上結繩　說輪迴再輪迴都要　再等
那今生　今生　親愛的　妳到底　用什麼人稱

東風破

一盞離愁　孤單佇立在窗口
我在門後　假裝妳人還沒走
舊地如重遊　月圓更寂寞
夜半清醒的燭火　不忍苛責我

一壺漂泊　浪跡天涯難入喉
妳走之後　酒暖回憶思念瘦
水向東流　時間怎麼偷
花開就一次成熟　我卻錯過

誰在用琵琶彈奏　一曲東風破
歲月在牆上剝落　看見小時候
猶記得那年我們都還很年幼
而如今琴聲幽幽　我的等候　妳沒聽過

誰在用琵琶彈奏　一曲東風破
楓葉將故事染色　結局我看透
籬笆外的古道我牽著你走過
荒煙漫草的年頭　就連分手都很沉默

青花瓷

素胚勾勒出青花筆鋒濃轉淡
瓶身描繪的牡丹一如妳初妝
冉冉檀香透過窗心事我了然
宣紙上　走筆至此擱一半

釉色渲染仕女圖韻味被私藏
而妳嫣然的一笑如含苞待放
妳的美　一縷飄散　去到我去不了的地方

天青色等煙雨　而我在等妳
炊煙裊裊昇起　隔江千萬里
在瓶底書漢隸仿前朝的飄逸
就當我　為遇見妳伏筆

天青色等煙雨　而我在等妳
月色被打撈起　暈開了結局
如傳世的青花瓷自顧自美麗
妳眼帶笑意

色白花青的錦鯉躍然於碗底
臨摹宋體落款時卻惦記著妳
妳隱藏在窯燒裡千年的祕密
極細膩　猶如繡花針落地

簾外芭蕉惹驟雨門環惹銅綠
而我路過那江南小鎮惹了妳
在潑墨山水畫裡　妳從墨色深處被隱去

天青色等煙雨　而我在等妳
炊煙裊裊昇起　隔江千萬里
在瓶底書漢隸仿前朝的飄逸
就當我　為遇見妳伏筆

天青色等煙雨　而我在等妳
月色被打撈起　暈開了結局
如傳世的青花瓷自顧自美麗
妳眼帶笑意

無雙

苔蘚綠了木屋　路深處　翠落的孟宗竹
亂石堆上有霧　這種隱居叫做江湖

箭矢漫天飛舞　竟然在城牆上遮蔽了日出　是誰　在哭

衝　你懂　你懂　你匆匆
有多少的　蠻力就拉　多少的弓
聽我說武功　無法高過寺院的鐘
禪定的風　靜如水的松

我命格無雙　一統江山　狂勝之中　我卻黯然語帶悲傷
我一路安營紮下蓬　青銅刀鋒　不輕易用　蒼生為重

我命格無雙　一統江山　破城之後　我卻微笑絕不戀戰
我等待異族望天空　歃血為盟　我等效忠　浴火為龍

殘缺的老茶壺　幾里外　馬蹄上的塵土
升狼煙的城池　這種世道叫做亂世

那歷史已模糊　刀上的鏽卻出土的很清楚　是我　在哭

序　你去　你去　你繼續
我敲木魚　開始冥想　這場戰役
我攻城掠地　想冷血你需要勇氣
揮劍離去　我削鐵如泥

你去　你再去　你繼續不敵我　致命的一擊
遠方的橫笛　吹奏你戰敗的消息
保持著殺氣　想贏的情緒
讓我君臨天下的駕馭

我命格無雙　一統江山　狂勝之中　我卻黯然語帶悲傷
我一路安營紮下篷　青銅刀鋒　不輕易用　蒼生為重

我命格無雙　一統江山　破城之後　我卻微笑絕不戀戰
我等待異族望天空　歃血為盟　我等效忠　浴火為龍

——以上七首選自《關於方文山的素顏韻腳詩》（2006）、
《青花瓷：隱藏在釉色裡的文字祕密》（2008）、
《中國風》（2008）等書。

許常德

作者簡介

　　許常德，曾是出版人、音樂人、作詞人、書作者、廣告人……偶也寫詩。世新編採科畢業，現任大無限國際娛樂有限公司總經理。曾任漢聲文化編輯、EMI Group簽約作詞創作人、滾石音樂活動經紀部、吾耳族娛樂企劃統籌、上華音樂副總經理、宇宙唱片副總經理、太空人音樂製作公司負責人、歌萊美捌捌陸陸總經理等職。作品有上千首歌詞作品。出版有《中年男人地下手記》、《面具之上》、《重返單身》……等多種。臉書粉絲專頁「許常德地下手記」。

耕莘與我

　　老朋友。

　　耕莘是我的一個青春記憶，很清新，由於那時認識的老師和同好，後

來沒聯絡……所以一切都被保護得很好。

　　其實我也記不得幾個名字，最重要的是白靈老師，他在我心目中就是個老師，幫我開了好多扇門。因為白靈老師的緣故，我加入了羅青老師的草根詩社，還在那段時間出版了海報型的我的第一張詩集。

　　我還想起年輕早逝的林燿德，雖然他和我同年，但他在大學時期就是臺灣詩壇最閃亮的新星，每次詩社聚會，我都是仰望著他。

　　我喜歡每次去耕莘爬樓梯的感覺，很有歸屬感，我想這對那時代的我來說，是個祕密基地。

　　我今年五十四歲了，我想起耕莘……都是美好的。

地鐵惡靈

惡靈透過海報鄭重露面

地鐵首貼日　嚇人的刀片閃著白光進站

這又是一場砸了錢的電影宣傳

惡靈在今年暑假陪我們消暑流一身冷汗

但恐怖片賣的不是恐怖

所以大多恐怖片都不恐怖

或是千篇一律的恐怖

恐　不　夾著鬼月的葬禮

死的新造型　坐在這節車廂的乘客

所有的目光呆滯你可有懷疑

上週臥軌自殺的少婦可是另一樁宣傳

人間預告　天天上映

輔導級但惡靈不在此限

嬰靈　沒有奶粉

他指著一位想婚的女性

問：妳墮過幾次胎

於是排隊者紛紛轉頭等她回答

愛　竟能增強驚悚氣氛

唉　不會有什麼話支撐

她說　她說　但沒有語言
被吸進速度的地鐵
停留是為了停留還是離開
旁座的男性說了對不起
他要下車
採訪者解讀無言的受訪者是忍辱
一場二十秒限制的live秀
誰都不記得誰
也無意義
像每一場昂貴卻餿掉的愛情

於是怪味道漫延
在車廂和車廂之間
在誓言和謊言之間
在信任和欲望之間
在選擇和傻住之間
在不死和怕死之間
在無法預測的結局
在只能有一種關係的限制
不能有血腥
不能過度暴力　色情
隱藏的越好恐懼越增
包裝在普級的惡靈

穿上風衣　帽子　太陽眼鏡
走進車廂

你和他撞了一下
車震動的瞬間
開啟　他挪步
他讓你想起誰
屬於我們人生的一個過客
他一直在你的生活中扮演殺手
殺了你的爸爸媽媽老師歷任情人
往後可能有子女
只要殺了　他們就不見
你一向不向誰提起的祕密
你有通靈特異能力
惡靈的名字
叫時間

juijuijuijuijuijuijuijuijui
juijuijuijuijuijuijuijuijui
關門前的juijui聲
他調皮穿出車廂走到月臺
沒有他出沒的時刻
我健忘地如在天堂

最後一站下的人
如果只剩你
如果今生車上的人
都是你這一生會碰到的人
也許我們和我們的親友
大多時間都是疏離

一個緣份可能只有一天
也可能是說不清楚是離是聚的感受
在每個十字路口　高樓陽臺處
海　以及剛要入站的軌道上
你有千百個退出地鐵的死法
但你沒有
至少在死以前
我們即使閉上眼睛
坐著想著看著地鐵窗外幽暗隧道
不自主有化身機器人的幻想
因為我常覺得人生其實是場夢
夢的逼真　讓我很痛
潛藏在心底的地鐵
24小時不打烊的出發
卻沒有一個明確的終點

每一站都是終點
也是起點
更是恩典
撒旦的天才設計
地鐵惡靈無法現身
當你走進地鐵月臺候車
惡靈藏身處就在你跨上車廂的那到黃線
一跨越就是陰界
只要你願意相信這傳說
越深信就越接近
直到不疑
所以那道灌進來的涼風
就是我恐懼的嘆息
寫到一半的日記
窒息般
關門

停電

而你 上車了沒

行李寄放處

每個車站都有行李寄放處
但平均有百分之三十並未取回
那些被遺棄或忘了或因主人悴死
種種原因　不知何去何從的行李
並非都不珍貴
問了某大城市任職行李寄放處
長達四十年的儲先生
他印象最深是十多年前
一位中年貴氣婦人的行李
因那天是除夕
婦人還來回確認行李
走時還強留紅包給他
內有一千元
他推遲不掉
至此行李不再取回
一年後依法拍賣
才發現內有一百萬現金

另外凡你想得到的
動物　植物　禮物　廢物　贓物

大的　小的　重的　輕的
壞的　漏的
不要的（曾有用行李裝了一大包垃圾）
過期的　不知是什麼的
都是儲先生辦公室的長期住客
問他怎麼對待這些行李
他答的妙
「安靜好過家人
神祕如同愛人
只是都是客人」

最微妙的是那些主人
每個沒有來取的緣由都令人好奇
因為發生意外　因為忽然出國並不得回國
因為不想擁有　因為失去記憶
因為想送人　因為覺它已不重要
因為下雨　因為舊情人來訪
因為養的貓跑了
因為不知原因　讓這裡變成一個家園
誰是哥哥　誰是爸爸　誰是暫時的房客
誰愛誰　誰配不上誰
有旅行團來訪該怎麼辦
離開要不要惜別會

尤其年終的行李　拍賣會時刻
相聚終須一別

最後的標價
毫無意義
感情已指出無價
孤兒的去處
自有安排
生命多變
再添一件

失眠特快車

不知何時常搭這班車
特快　窗外一片漆黑
沒　幾個乘客　互不交談
車窗始終打開　風轟隆隆
很餓　卻忙著看書
我穿著高中制服
岡山熱　七點火車　我迷武俠

想不透古龍金庸認識那麼多古人
偷聽那麼多俠客聊天
奇異的經歷　為他們擔心
江湖險惡
最佩服他們和現代人也熟
拍成電影　連續劇
失眠特快車持續前進

下一站停在當兵
有人上吊隔壁寢室車廂
但他走來我鄰座
訴苦輔導長侮辱他的長相
看了他一眼　舌頭的確偏長
我不知怎麼安慰

失眠
綿羊擠進車廂
原來蘇武會暈車
數不清幾隻　剪票員甚感困擾
綿羊很吵　又愛跳高
我建議唱歌
拿出音樂課本
「蘇武牧羊北海去…」

一筆收入可觀的行業
不滿足的老人
做官不如做商人
不管哪個時代

有人喊有人跳車
大夥往窗外探視
漆黑　但遠方火山冒出熔漿
不再想跳車的人
因為天空下起冰劍
亂象　不曾有的經驗
惡與善　冰與熱
世界末日原來就在下一刻
此刻我該做什
親情　友情　愛情　無情
單選　複選　可以不選嗎
特快車仍特快往前
還有必要這樣趕嗎

綿羊一隻隻
化身天使
都有光暈
是瞌藥後的幻影

還是上帝終於降臨
我是無宗教平凡人
別逼我受洗
我沒見過撒旦
別擔心我向他投靠　我不投票

我只是平凡人無味無臭
你可以略過
只是失眠慣搭這班列車
特快　不管到哪
不管多累
曾經疲於上下車
緊張的癥狀希望大家體諒
選擇最難
哪個夢才是可靠的岸讓人心安
讓我稍睡片刻

繼續吧
我要下車
喝杯咖啡
在傷心小站
失眠
很像人生
充滿無依的病院

空中飛人

出境前半小時，我遺失一對翅膀
但機票仍然有效
旅行者的行李在X光機掃瞄
藏在記憶的違禁品逃過一劫
那些感情的贓物　思想的種子　送禮的毒品……
也跟著起飛

空中小姐端出濃縮的笑容
COFFEE OR TEA
我點了其他東西
沒有？沒有關係
我轉頭看窗外的天氣
雲海　藍天　不定時亂流
墜機的恐懼　懷疑有人打開手機
於是我想起你

忘了打給你
離開的祕語
愛情結合了戲劇和遊戲
機長廣播飛行高度

國語閩南語英語我習慣性造句
如果機上有徒步區
為何雲之上無雨

鳥瞰我的前半生
速度驚人
比複刻版不如的心情
找不到一首主題曲
闔上眼　黑暗的夢幻世界
我總在起飛　試著起飛　努力起飛
如草之手不斷拉扯
這是我恐高癥的病因　我猜

下降是人生另一高潮
悲觀　易燥　老態　孤單
時間變成仇敵
不經意抗拒
有人開始拉皮　讓微笑光澤再造
有人始終睡著
而我被空服員叮嚀關掉電腦

終點不一定在出境
我常想像飛機中途爆炸

死也不一定人人恐懼
死最輕易擺脫恐懼
降落讓人懷念高峰
但我不想回去

高空　異鄉　同個字意
曾去過那裡　常經過那裡
那裡沒有上帝
沒有國籍
四十歲搭飛機
就算是齊天大聖也要按照規矩
繫好安全帶　歸回座椅
返回人間的千篇一律
萬家燈火　一盞盞　寧靜歇息

等待下一個

上班族的下班　地鐵站迎面而來的風
是我一天中最期待的自由
吹散我的頭髮

分解我的孤單
人群的匆匆快速流動
捲走又捲進我的心
讓生命變成海灘
就在車要停靠前
一秒的幻想　永恒的遺憾
我笑著抱著我的疲倦上車
我在等待下一個

下一個不用多重選擇
也不要多方考慮
渴望太強　會錯看對象
命運有安排　時光不會倒轉
至少在這車廂
我註意到大家都懶得發出光芒
一堆疲相　僵硬的目光
但我不一樣
我在等待下一個

愛　是一種靈感
不是雕像
它一具體　就會死亡
我常遺忘　在我前幾次感情小站

我拍了照片想做個紀念
我帶著行李想寄住幾天
我以為旅行可以掩飾我不想流浪
只是結果無法偽裝
因為誰都不想成為誰的另一半

所以我體驗到地鐵車廂
只有行經幽暗隧道
才能看到自己窗上的模樣
黑暗的自己　光明的情人
這樣分割　可有困難
我問　車廂內站著的都舉起右手
可他們都沒有答案
他們只是習慣性搶答
習慣性無聲吶喊
「愛人啊　你到底要怎樣！」

等了多久　還要再等多久
命運大師們別告訴我答案
我願意等
無知的等
別像地鐵七分鐘一班
這不是上班

別那麼死　別那麼密
我要一些寂寞的插曲
突發的驚喜
沒有　我不會接受
我總相信我的與眾不同
會有人欣賞
我只有不自暴自棄
才有機會
走上司令臺　像日本那個綜藝節目
對準全校
高喊
「我是獨一無二的
我在等待下一個」

愛　我說的再多都沒用

　　——說的再多也沒用　是因為人真的很需要感情的慰
　　藉　但我們這個變態的思維空間　一直在壓制我
　　們對愛的追尋　於是壓制激發出渴求　一旦遇到
　　難逢的人　就計畫綁架一輩子的方案　然後用盡

　　　　　　大道理來包裝這無望的企圖　　所以　　我說了再多
　　　　都沒用　面對餓到發瘋的人　我哪有說話的餘地

於是
感情還是輕輕地全部放下
像炸油條般
明知一下去將會沸油滾身　面目全非　再回不到原身
但還是執意
不管這油條炸後能否賣出
愛　就是這麼高傲
你的犧牲並不代表什麼
對方的喜怒也不表什麼
因為還有命運的變數
所以　炸的時候　你無聲的哀嚎　旁人面無表情的注視
不管大老板　小夥計
來到愛的早餐店裡
油條可不是什麼必備單點
尤其在老板隨手將油條　喀擦　夾扁油條進燒餅的時候

我們究竟能理性控制欲望到什麼程度
這個程度越高　你對你的人生滿意度就高
人活到最後　普遍在乎的是穩定度
而這穩定夾帶而來的可不只有感情

你能分得清嗎
你能避得掉嗎
你能在為愛犧牲一切的同時想如何保護自己呢
沒有氧氣我們能憋到何時
沒有水我們能撐到哪天
沒有愛
我們居然還能活著
這就是愛比其他一切還要狠的地方
都沒有了
卻甩不掉

甩不掉那些祖先傳下來的金科玉律
甩不掉那些自己私下立的名與利益
甩不掉當個人人稱羨的那種正常人
甩不掉心底蠢蠢欲動的誘惑和真情
甩不掉的得到和失去一再一再衝撞
甩不掉的原因
其實都是因為很多欲望都綁在一起
人一貪心
就會在畜牲道輪迴

拖著人性
畜牲般行為

滿口愛意
偉大的好累
明知片刻
到不了永遠
所以夢裡
躲了個依偎

希望

　　——〈希望〉這首詞，是用閩南語填上月亮代表我的心
　　的曲。

你心內心內有別人
我愛你無希望
天放我一人
溫柔去承擔
失去愛情的苦痛

你心內心內有別人
你愛伊無希望

伊放你一人
孤單在世間
體會愛人的變卦

愛情是一齣戲
引你來到我身邊
緣份是我愛你
結局是我失去你

我心內心內無別人
我只愛你一人
我不是憨人
我只是不願
離開愛你的黑暗

方　明

作者簡介

　　方明，廣東番禺人，畢業於臺灣大學經濟系、巴黎大學經貿研究所文學碩士、淡江中文研究所在職碩士、榮譽文學博士。曾獲兩屆臺灣大學散文獎，新詩獎、全國大專組散文獎、創世紀詩刊五十週年榮譽詩獎（2004年）、中國文藝協會2005年度五四文藝獎章詩人新詩獎、香港大學中文系2005年盼發宏揚中華文化「東學西漸」獎、臺灣大學外文系「互動文化」獎，香港大學首展臺灣個人詩作（為期一個月）。「兩岸詩」詩刊及出版社創辦人、「臺灣大學現代詩社」創辦人之一並曾任社長、乾坤詩社、風笛詩社顧問、藍星詩社同仁、世界華文交流協會詩學顧問。2003年，成立「方明詩屋」，提供學者詩人吟唱遣興。著有詩集《病瘦的月》（1976）、《瀟洒江湖》（散文詩，1979年）、《生命是悲歡相連的鐵軌》（2004初版、2013再版）、韓譯本《歲月無信》（金尚浩教授翻譯，2009年），論文集《越南華文現代詩的發展，兼談越華戰爭詩作》（2014年）等。

耕莘與我

提到耕莘寫作會，內心便掀起無限懷念夾著歲月飛逝的感慨，在回憶的清溪裡流出甜美的淙淙水乒。應該是1977年參加耕莘寫作會的詩歌研究組，其實我在臺大就讀時便出版了第一本詩集《病瘦的月》，到耕莘寫作會當然冀望吮吸更多的文學養分，深盼在濃郁的藝文氣氛環境裡，滋孳出更成熟的寫作思維與技巧。會長陸神父品學皆彬彬君子，講師馬叔禮述學如古師，他們都是我欽佩的播種文學苗籽之長者，其淡泊名利與無私的貢獻，對我的影響尤勝文學上之修為。而詩人白靈也是剛從美國學成返臺，加入導師行列。四十春秋如電抹，如今文壇上不少知名文學教授與作家，便出自這些溫馨且默默奉獻的搖籃。如今，耕莘寫作會已是一艘逡巡於藝文海洋的巨艦，將風雨與浪濤轉化成人生悲歡的詩歌。

——原題：〈萬頃風雅話耕莘〉

有一種心情

1

有一種心情，疲憊時刻呈現落日顏色，眺望狹窄的海峽便開始
收集膚淺的鄉愁，卻不知如何向世人闡釋通訊通商通婚卻仍相
互叫囂敵視廝殺
（這是一種溫柔的哄騙）

從未目睹如斯弔詭的史頁，熟稔的典籍歧分成兩種孿生的字
體，一種膚色臆測兩樣被阻隔的情懷
主義　　是焚落的星
曾經高掛且悖悖指引
茫茫道途

無人敢跨越荒唐的禁忌，只好種播更多的宣言，然後將腐汙的
圖騰
冷冷推給無知的後世

2

有一種心情，亢奮或沮喪時刻呈現落日顏色，邂逅之後總是疊
上不同的面具爭取煎熬前的愉悅，
族群生存繁衍的憂傷總是無悔的
（這是一種溫柔的哄騙）

從記憶匣子抽出的涼意與痛楚，除了床第間親暱飢渴的密碼，
我們啃嚼著虛偽的美德維生。行囊裡的情愛永遠是一則發酵的
謎題，肢體的溫度遠勝激辯之誓言

那些善於告別與切割不同情緒的伴侶，反覆試測
靈慾的味蕾，旺盛的自信窒息成一幕現代速食文化櫥窗，呈讓
路人與演者透明的相互瀏覽

3

有一種心情，感念天地悠久時呈現落日顏色，悲盡青絲轉白
髮，叩訪舊識皆為鬼之悱惻，仍忍不住燃起豆燈引來唐宋之古
棧，或將雨瀝節分成段段泡過茶香的現代詩句，一舉不飲不爽
不瀉不快之情緒
終可張貼在殺戮沙場無人睥睨之副刊角落

乾枯殉滅
（這是一種溫柔的哄騙）

2005年4月16日

行事曆

將日子堆砌在精美的線框內
沿著筆跡翻錄的軌跡　　　進踐
生命坐標在方格之間精準接力
總有激情遊行與盛裝饗宴演出
除非當時爨釁密佈
框囿慾望的歲月最宜
種植悲歡喜樂
讓愛恨情仇的花朵侷促擠長
有時修改小小祕隱
只因框外群結嗅覺靈敏的
狗仔隊
被慶典婚喪氾濫的情緒湮沒
格子裡斑駁扭曲著皺摺

只好用嚎笑或默哀撫平
咖啡或酒漬仍是最流行的漂染劑
偶爾被虛蕩與脂粉陷阱
傾塌成無法紀錄的深淵
緋聞與不能曝光的行徑亦然
在格內的翳影裡滋生如菌
政客謊言與財經指標頻頻越格
直接戳穿耗斁的心緒
生滅無常令曆冊超載
直到塵緣世事似流沙
在格子裡溢滿宿怨與感動

　　　　　　　　　　　　　2015端午修稿

典藏年代

冬暖的陽光滲有童年燃點起鞭炮
的味道，那時每一根神經髥髴張
貼的春聯與符般喧嘩到處雀躍春
神的步履
而歲月正年輕　　　我們學習醞釀

一點愁緒談戀愛企盼將伊人的秀
髮梳撩成月上柳梢人約黃昏的落
日是一顆紅透的柿子似我早熟的
情懷

那個年代沒有過多累贅的雜物整
理或擯棄一如沒有悔恨的情緒必
須撫平
而歲月正年輕　　而年代尚古老
我們流連在鼕鼕鼓聲舞獅飛躍的
集市裡陌生或熟稔的臉孔無阻人
性純樸的穿梭廟會的膜拜不須挑
剔眾神揣測股票的起落情慾的怨
懟或權勢的浮沉

貧瘠的祝春紅包膨脹著單純的願
望一場電影兩本漫畫數顆彩色的
糖衣便足以餵飽這隻蹣跚遲來的
年獸最多加上竄流在街衢裡的骰
子便將過節的氣氛吆喝得熱騰騰

有些童歡藏匿在屏風後捉迷藏有
些紅簷的鳥兒正啁啾尊老長者此

時更顯威嚴的娓述家譜舊事冷不
防冉冉柳絮騷癢出的噴嚏瀄灑成
臘月梅香盛事
而歲月正年輕　　　而春正料峭

夜讀花都

卸妝的天色仍有鐵塔閃爍的
輪廓　臨夜之浪漫
是一種無法治療的痼疾

只有露臍裝及聖母院內之晚禱
可以平穩我們驟然昇降之體溫
在過多靜電的香榭麗舍大道
追逐獵物或閱兵巡禮同樣神聖

紅磨坊仍以大胸脯的金髮女郎
猥褻相互磨擦的觀光客
此刻眉睫之間閃掠著絕色的
情婦　伴我餐飲塞納河畔晶瑩之夜露
冰涼是很憂傷的　巴黎

始終無法翻越夢的藩籬
我們被感官的花都燃燒著縹緲之祈望
一如凱旋門下的無名火焰
霜雪不熄

毀約之後
──哀異域的家鄉

毀約之後。樹影搖醒鳥夢，纍熟的果實墜
地抗議，今年的冬怎麼特別白
。白到母親的頭髮，白到火爐
的焰有點抖擻，白到襤褸的街
衢整齊起來。從午后到黃昏，
風乾乾癟癟的打開窄巷的通道
，而參加夜祭的只有稀疏的螢
光及一群信奉火的孩子，有時
火與戰火一樣可愛，撲不滅的
挺好玩。

毀約之後。頑敵撕著半截江山，然後用嘲
笑來縫紉它的完整，善良的百

姓們且放下你的武器，讓熔爐
煮得你們水深火熱，這樣冬季
比較好過。勿搖醒凍僵的夢魘
，凡北方長大的，都無需朝陽
便懂舞劍，無須月色便懂攀越
蒺藜。

毀約之後。等候一封家書如等候一次神蹟
，媽媽的慈容隔得多麼遠，情
人的思懷便長得那麼遠，而咫
尺的只是淚影中的濛糊。

毀約之後。我更愛獨坐，這時故鄉的街巷
必靜得無一尾狗，落葉驚得縮
成一團。我日日輕聽日曆的跫
音，怕它掉來古老的節令，嚇
跑我無奈的思鄉症。此刻預言
與允諾都束手，想百年後，我
們都朝向無國界的后土，無須
失眠，無須抱月思家，就且忍
住崎嶇的阻隔，忍住夜話的啜
泣。

毀約之后。祈禱時天色更暗。

我看見歲月飛逝

在恬謐的午後，我看見歲月飛逝，它穿過蓊鬱的群巒，讓屮林無意蔓爬成神話森林，溶入的鳥啁聲聲漫攀入更幽邃的山道。偶爾，它會逗停在梵鐘濯洗的古剎，却留不住香柱飛散的灰燼。而不經意俯摸被潺潺溪流磋磨的石磊，是否無法感觸亙古時光鎚鍊過的痕迹與涼意，髣髴只有倒影漸老的容顏被輾轉倥傯而過的年輪發酵著。

在夜幕席捲的晚上，我看見歲月飛逝，它靜息的噬吞你逆數的日子，不管在眩惑的彩燈裡用情慾麻痺迷迷的靈魂，或安恬在親情圍築成溫馨的飯香裡，當流行歌曲被時間的長廊哼傳成懷舊的調子，你莫名的憂傷總會不定時自我放逐，縱使所有年輕時的築夢落落實現也是一種悠悠的感嘆，至於被生活癱瘓的各種失落之輪廓，只好留在心砍拌攪成無盡沉嘆的漣漪。

在晨曦甦醒冰冷廣場的早上，我看見歲月飛逝，陽光開始龜裂昨夜殘臘感性的承諾，從趕赴課堂嗅探發霉的真理直到本能追索生存的謎題，當你成功招喚權力來投宿，又懂得泯笑滿身繭生的愛恨情仇，我們被理性的晝日重複蹂躪腐植著，在精準的物慾交易裡，我聽到輪轉時光的憾恨與唏噓虛無的結局。

方　群

作者簡介

　　方群，本名林于弘，臺北市人，1966年生，臺灣師範大學國文研究所博士，現任臺北教育大學語文與創作學系教授，《臺灣詩學學刊》主編。創作曾獲：臺灣省文學獎、聯合報文學獎、中央日報文學獎、時報文學獎等重要獎項，並入選各種選集。著有詩集《進化原理》、《文明併發症》、《航行，在詩的海域》、《縱橫福爾摩沙》、《海外詩抄》、《經與緯的夢想》。論文《臺灣新詩分類學》、《九年一貫國語教科書的檢證與省思》、《初唐前期詩歌研究》、《光與影的對話：語文教學新論》、《群星熠熠——臺灣當代詩人析論》等。

耕莘與我

　　從耕莘開啓的文學大道：三十餘年前的青衫少年，到三十餘年後中年男子，在耕莘青年寫作會的日子，是我正式邁向寫作之路的重要里程碑。

　　1980年代前期的臺灣高等教育仍不重視現當代文學，而這些民間藝文機構便是當時熱愛文學人士的根據地。除了名師的提撥指點，也有同道的激勵互動，一盆又一盆的熱火，點燃也照亮了那片曾經晦暗的天空。

　　少年終會老去，但文學的靈魂永生不滅，祝願耕莘青年寫作會繼續堅持挺立，繼續向值得期待的未來永遠不斷奔跑……

隱名詩
——戲題中生代詩人十三家

風聲蕭蕭，你
向著陽光奔跑
陳舊的黎明仍反複逆襲
搜尋殘存的蒼白靈魂

席捲而來的羨慕眼光如芙蓉開落
帶不走的行李引起某種敏感的勇氣
我鄭重睜開炯炯然的明眸
杜絕十年來三心二意的想法

陳年的奧義如靈芝隱匿
蘇鐵微笑著介紹相連的風景
羅列青衫的年少過往
渡江之後，也只剩
吳晟帶回家的那把鋤頭

——《中央日報・副刊》，2005年8月25日。

在往臺北的236遇見自己的詩

在往臺北的236遇見自己的詩
飄浮在公車司機歪斜肩後的廣告看板
搖搖晃晃的吊環不停遮掩游移的視線
尷尬的陰影閃躲記憶縫隙的曲折陽光

濃稠的鄉音拼湊輾轉隱晦的殘缺意象
不服輸的老花鏡片輕輕躍過埋伏的險韻
彷如那些不經意流失的青春過往
平仄交錯的人生本不該如此坦然

氤氳的空調平添幾許無預警的離愁
我反覆瀏覽窗外迅速倒退的斑駁歲月
在無心邂逅的尷尬五律之後
緩緩揭開隨風揚起的喧囂夜幕

——《中華日報‧副刊》，2005年9月24日。

期末十六行
——不能不當妳的理由

妳的名字總聽不見八點的悠揚鐘聲
但常會在下課之前微笑的趕來簽名
望著鏡子的次數遠超過PPT的張數
難得清醒的片刻往往是和手機對談

平時作業應該是利用網路拼拼貼貼
重新設計排版的功夫倒也經常省略
隨堂測驗的成績不免令人搖頭嘆息
期中的分數和及格的機率漸行漸遠

關鍵的期末報告如預期般空洞乏味
只有小可愛和短裙的組合略有可觀
嗲過頭的尾音掩飾不住空虛的檔案
濃妝豔抹的程度與課程的評分無關

站在二一的邊緣妳是否會有所警惕
美麗的未來即將幻滅如天邊的彩虹
在晨昏顛倒的歌聲與酒精雜交之後
我慎重寫下這些不能不當妳的理由

——《聯合報·副刊》，2009年9月15日。

逆光的旅行
——在希臘

想你的顏色就這樣淡了，在希臘
愛伸懶腰的陽光把記憶煎成一張薄薄的焦餅
在靠海的窗口，有妳喜歡賴床的那種味道

高八度的船笛把水平線向遠方拉去，打翻早餐
的肉桂粉撒滿昨夜剛洗好的床單，妳靠著躺椅打盹
假裝已經很飽的樣子

南方來的海鷗帶著地中海的口音在陽臺上爭吵
一張褪色的照片隨著七弦琴的音階四處遊走，淋過雨的
睡衣，懶懶的躺在那群好色水手的枯瘦眼眶裡

「那是一株無花果樹嗎？」一個陌生男子抬頭問我
蹩腳的喘息氣音，彷彿迷路的愛情觀光客
在古老的城市獨自棲息與覓食

巷口的小孩還是嘻嘻的玩著跳房子，古利太太
用橄欖油烤的蘋果派仍在舌頭上跳著喧鬧的手鼓舞，那些
種在窗臺的迷迭香卻一直學不會發芽的藉口

加蘑菇奶油燉的鮮魚湯已經涼了很久很久，我還是
期待一杯龍舌蘭的顫抖體溫可以掩蓋孤寂冰冷的指環
與落寞交談的雅典夜色，心事是無法溶解的沉澱咖啡……

——《中央日報·副刊》，2000年1月20日。

航行，在詩的海域

從啟碇開始 我們就一直小心翼翼
間隔對稱的浬數 嘗試押韻——
陰性的海鷗聲調 很容易讓人迷失
在神祕寓言交疊的陌生水域
凹陷的肋骨隱隱浮現座標的原型

魍魎的衣袂揚起詭異而綺麗的風笛
洋流錯綜的音步也始終難以估計
舵手逆風的齟齬很難分辨是非
傳說中的天籟 是否有正確的抑揚平仄
總不免暗示偽裝的懷疑

在耳際 觸礁的怯懦片語正迅速沉溺……
不安的隱晦情節已醞釀成型
凌亂的呼吸蟄伏每個迴行的角落
悄悄 鐫刻暗喻死亡的胎記

這是最初 也可能是最終的航行
我們拋棄慣性的諧擬思考
穿梭尷尬的空格和斷句 解構
紛雜意象的迂迴斷續或主觀承繼

重生於泡沫母題的夢中伊甸園
我們捨棄變形的頭顱和四肢
遺忘繁複的語言鍊結和邏輯推演
捃拾結構殘缺的鱗片與尾鰭 學習
用鰓呼吸 學習
過濾抽象的稀薄氧氣 學習
用念力感應周圍的氣氛和情緒

鑲嵌在基因深處的委婉使命已被摒棄
我們選擇凶險的反諷方位繼續勇敢 向前
迴旋於陰濕躁鬱錯雜的澎湃海域
這是一場以靈魂為賭注的華麗探險 毋庸置疑……

——《中國時報·副刊》，2002年12月13日。

男朋友　女朋友

該如何解釋妳我的愛戀　妳我的愛戀該如何解釋
關於肉體　關於心靈
關於心靈　關於肉體
關於一些偶然的相遇　關於一些相遇的偶然

應該是一種感覺　可能是一種感覺
燃燒青春的焰火　燃燒焰火的青春
在山林原野追逐　在山林原野奔跑
在海角天邊奔跑　在天邊海角追逐
在流動的線條中交換　在線條的流動中共享
體溫的思念　思念的體溫

當現在的太陽升起　當未來的月亮升起
你是　我的　我是　妳的
男　女
朋　友

——《聯合報・副刊》，2013年2月21日。

白家華

作者簡介

　　生於臺灣臺南，長於桃園，祖籍貴州。逢甲大學企管系，政治大學學士後教育學分班結業；曾任耕莘青年寫作會理事，國中、小作文班資深教師。「新陸現代詩誌」詩社同仁。文學作品曾獲吳濁流文學獎、全國優秀詩人獎等，並收錄於各重要選集中。

　　已出版詩集八部：《群樹的呼吸》、《蟬與曇花》、《陽光集》、《春雨集》、《你的彩蝶來到我的花園裡》、《讓你的愛停留在我心上》、《一百篇愛的詩歌》、《清心集》。另已出版《引導式作文》、《365每天快樂學作文》之作文專書，且已著有詩集《吉祥集100篇》、《太陽集》、《彩蝶集》、《喜悅集》、《友情集》、《飄泊集》、《世界集》等二十餘部。

　　自2014年起參與「水彩畫」觀念撰寫與實際創作。

耕莘與我

希望自己文字簡潔而清新，這皆是年輕時耕莘寫作會之所教導。

自由集選十

1

　　自由也在時空裡，似海洋與陸地之來自於你那裡；因你而誕生，且是深廣到毫無邊際！我的言詞的遠展之翼的飛翔，與閃電的怒吼一般，永遠無法到達你的遠方。

　　光芒被賦予的金羽翅也是卓絕的，且能夠飛翔得迅疾又自在；一旦投射出去，從消逝中就獲得了另一次的新生！卻仍無法到達你的遠方。

　　星雲也是多到不可盡數，因彼此間的遙遠距離而相互倚近。啊，那麼，我又何須認為自己是渺小的短暫的而感到恍惶呢？當我所擁有的從我這裡失去時，在你那裡可以把它們再重新找回！

16

　　顏彩又被帶來，來施展你那幻化的法術，你那光與影的無盡變化的描繪；同時，也來為這個傍晚裡的雲朵們披上了灰紫紗麗。

　　而這一片大草坪橫陳在我腳下，在這裡我暫時擁有一個漫遊的角落；也因此，我在自由中開放我自己的心，來被你所帶來的晚霞顏彩的意義給填滿。

18

　　自由來自何處？我尚且未能知曉！你的廣大世界的遙遠邊際，是我的想像的遠展之翼之高飛所無法觸及的！但那必要的自由，你已給了我，讓我分享到你所賜予的時空財富，並讓腳能行走翅能飛翔！種子們的心中含有無畏懼的勇氣，快意的隨風遠揚，且萌芽、發葉、吐蕊於瘠土之上，並用贏取到的屬於自己的芬芳榮譽來獻給你！

21

　　衝馳吧，啊，時光！但哪裡是你的來處與去處呢？且讓苞兒盛開成花朵，果實因成熟而擔當起飽含著的香甜的負重！

　　我乘坐這生命之舟橫渡時空汪洋，有時輕快迅急，有時沉重低緩；從此岸到彼岸，又再出發；啊，也何曾停止過？

　　但當時間流逝，別只留下那些無用的，碎片或塵埃；啊，我的心！

25

　　我感到自由的充滿——

　　因之，飛翔之族得以振翅向前；

　　因之，清澈的一種流淌得以遍佈在天地間，也將潤澤來普施，使芽展葉，苞成花；

　　因之，水珠的隊伍，雨的子裔，離開了天上的淨居，又在地上覓得了另一個居所；

　　而太陽，這一盞亙古的巨大明燈啊，仍用無私的光與熱的賜予來眷顧我們的大地！

27

　　航行於時間之流，生命之舟的隊伍，綿延且壯闊！儘管由「悲」與「喜」所交織的浪濤翻騰是如此巨烈，依然勇於奔赴！

　　由「生」的此岸出發，經由「死」的渠道去航向另一個未知的彼岸；啊，生命之舟的舵手們，內心何曾懼怕過？

31

　　即使通過「死」的長廊，生命仍不是消失去！在你那裡，

我的一切全都常新！正如你是我的「大我」，我就是你的「小我」！在我活著的生命中，我豈能築起任何圍牆障壁阻礙在你我之間？當我的生命已經到了盡頭，我的「死」也豈是一種「亡」呢？因為正如你是我的「大我」而我就是你的「小我」啊！

34

　　你即是一切；在你自己無來亦無去，無生亦無死，無始亦無終！

　　你即是你自身的因與果；你只創造而不被創造！

　　而且，在我這裡我所失去的，於你那裡可以重新再找回；因為你即是一切！

35

　　你即是最初；因此，美即不在你之外，美即與你為一；且同為一個源頭。

　　但如今，美也被你賦予我們這個世界來充實著；因此，天空有霞光交織的那種絢麗圖畫，風裡有樹葉應和的那種婆娑的清新舞蹈。

　　因此，她的美麗已融入了我的心，藉由一再反覆重現的種種形式，並且融化流露成為我詩歌的種種和諧韻律。

38

　　無止境的，哦，你，超乎我的一切所能描繪的！

　　自由的財富也被你賜予，包括像鳥兒離開睡眠的窩巢在展翅翱翔中所享有的。

　　你的種種形式之美，我都被允許來分享。這世界縱然有時空的間距，仍無法使我與你分離！

關於本土及《自由集》的一點說明：

1.在地本土＋自然神祕

「寫『本土』的題材就必能寫出好作品！」這也是我現階段正在做也常在戮力後幾乎每一篇都能夠僥倖做到的！而此一「本土」的寫作「資料庫」、來自於島上在地生活經驗的，實屬於「入世」層面，屬於「人」的，是現實是貼近；與此並行不悖且能相輔相成的，是我的「自然神祕」此一屬於「出世」範疇，屬於「天」的，是理想是超越！

2.關於「現代詩」之「正名」一事

今人包括我自己所寫的被歸類於所謂「現代詩」之作品，其「文體」實仍偏向於「賦」，應予以「正名」而為「現代賦」！「現代詩」做為一個期許的標竿名稱可也；但「現代賦」能否躍升至此一更高「位階」，仍需要更多時日、年代之努力！

我個人所寫《自由集》此類作品在形式上被歸類為「散文詩」，實亦是「現代詞」！

林群盛

作者簡介

　　林群盛，畢業於機械科，後留學英美日摸索音樂，設計與電腦動畫等科系。曾任耕莘寫作會理事，「耕莘詩黨」發起人之一。獨立在耕莘寫作會辦過數次純現代詩的文藝營與寫作班。出版《超時空時計資料節錄集 II 星舞絃獨角獸神話憶》等數冊詩集。曾任遊戲企劃，插畫設計，動漫相關（漫畫，動畫多媒體，模型，女僕咖啡廳，COSPLAY道具等）通路企劃總監，劇本作家，電競教練等。現為Poetry Atelier負責人，以及角立出版社總編輯。

耕莘與我

　　以為自己記性極好，凡事用詩紀錄就夠了。
　　近三十年後，詩也許留下來了，但早忘了是哪一年來耕莘寫作班的。

彷彿是個異常悶熱的暑假，四樓的大教室，現在無法想像的豪華師資，浪漫的每日密集上課，中間還穿插五天四夜的文藝營，是這樣開始的。

忘了旦兮是怎麼從報紙型變成了雜誌，只記得在美國與日本唸書期間，乖巧把漫畫稿與文章傳真給玉鳳姐的日子，回國後老是纏著白靈老師。跟陸爸拜年，寫信給好幾屆的輔導員與總幹事。

忘記那麼多，卻清晰記得耕莘新大樓被拆除，留下的空地冷冷伸出扭曲的鋼筋，扎著緊壓文件夾的胸口，記得玉鳳姐去了大陸，以及更遠的地方。

沒讀完的詩稿，後來全變成了詩集，一本再一本，把我忘記回覆的信件與傳真，靜靜掩去。

及

回憶的經緯線溫柔地
披在眼淚色的地球上

紗布色的信件從北回歸線出發
卻卡在郵差色的棕櫚葉上
被赤道揉成灰燼

南回歸線只剩下
剛烘乾的天空色點滴瓶

應該再放入一封信
以瓶中信的手勢

可惜南回歸線太年輕
不會走路
不懂文字以及
流順如冰原的情書

「太早進化的回憶以及
　太晚出生的文字」
一千萬年後的評論書說

——《臺灣詩學季刊・第五期》，1993年12月。

在故事街傳說巷讀到的

在童話的冬街
沿路賣火柴

存錢買艘大船
等到妳的眼順著預言的
手勢漲潮
便帶領全世界的
樂器上船

落潮後
以一叢笛綠吹出草原
一束提琴藍拉出天空
一串鋼琴青彈出山脈
一抹豎琴水撥出湖川
及用一袋喇叭黃和一瓶
鼓橘奏出沙漠和晚霞

而潮來汐往仍留在妳成對的眼中

左顧顧
右盼盼

——《臺灣詩學季刊·第八期》，1994年9月。

情書航行

寫一艘在文學史上超速進化的信，倒入冷冷的夜色信封、滴上鋸齒邊的月光郵票，寄給妳。無聲地投入郵筒形的天空……

星空早已躲入妳眼瞳裡的午夜。飛行的信驕傲地，作出在地球出生的飛行器無法達成的高難度動作：快速以滿月的心情畫3個等圓後垂直急下降到觸地前又順著彩虹的口音急上升再驟然停在半空靜成一顆保守的句點最後焦燥地草草幾筆在空中刮出一線線螢光粉紅的筆跡後消失……

不同星系的語言有不同的敘述，這裡的地球人會平靜地說：「不明飛行物體」那邊卻會驚訝地說：「情書」……

而我只能嘆出一片錫箔薄的雲，飛行的信也只能假裝自己是架

地球出生的年輕飛機，用呆板的速度、內向的燈光遲鈍地航
行⋯⋯

除了無法克制的沈默⋯⋯

而那修辭實在是太過逼真了，以致於連妳也沒發現那其實是一
封不明飛行物體⋯⋯

甚至，甚至我蓄意保留、和飛機航行時不可能絕對無聲一樣顯
著的錯字，妳也沒看出來⋯⋯

　　　　　　──《臺灣詩學季刊・第十二期》，1995年9月。

貓雨

寂寞伸出貓的爪子
刮磨著城市的每尾窗子

被刮破的窗在夜的海洋裡
輕輕綻成清脆的漣漪

在夢中睡去的人全站在閃爍的玻璃屑前
撫著肩上貓的爪痕

淚水寫在一朵雲的背後
所有的天空都在猜
只有妳落雨的貓瞳知道

——耕莘青年寫作會會刊《旦兮·新四卷一期》，
1995年12月。

手壞壞

啪啪啪啪啪

像被騙的動物
中指冬眠在你的口袋裡

無名指懷念著金屬
在大多數的婚禮被開採出來

伸出食指壓著夕陽
但沒有特別阻止夜晚的意思

拇指推倒了101樓高的謊言
路過的人趕緊戴上了誠實的耳塞

小指緊勾住你細瘦的童年
卻連一個約定也沒有被記住

是一個耳光那麼可愛

——《限界覺醒！超中二本》，2013年6月。

沙岸×岩岸

天很臘
地很黃
妳的鞋經過海
沾滿皺紋

雲橫走
豎起潮聲
時間躲入縫隙
舉起蟹螯

　　　　　　——《人間福報・副刊》，2015年11月。

輯四

耕莘男詩人群（Ⅱ）

所有的以前，靜默著春雷
茶樹焚過的灰燼
閉關泥中，等著三月的味蕾
重新回魂

——靈歌

靈　歌

作者簡介

　　靈歌，本名林智敏，1951年生。吹鼓吹詩論壇版主及同仁，野薑花詩刊副社長，創世紀、乾坤詩刊同仁，曾獲洪建全兒童文學獎。作品選入《2015臺灣詩選》（二魚文化）、《小詩，隨身帖》、《水墨無為畫本》、《臺灣現代詩手抄本》（張默主編）、《書註》張騰蛟編著。著有《漂流的透明書》、《夢在飛翔》、《雪色森林》、《靈歌短詩選（中英對照）》等詩集。

耕莘與我

　　民國六十五年（1976）時，我二十四歲，剛退伍不久，對於文學懷報熱情，參加了耕莘青年寫作會。當時迷上現代詩，並在藍星詩刊和中華文藝月刊發表詩作。我白天工作，晚上唸書，之後因為創業，而停止現代詩

創作。直到三年前確定今年底（2016年）退休，才重返詩壇，努力讀寫。
這三年每年寫三百多首詩，只為了追回昔日的乾旱，讓詩筆重新濕潤，且
無限蔓延。

三者之間

那些光自夜空中降下
先是一團，然後分散
一片片像白雪
碎屑的一絲絲如黑雨，黯淡

你的髮你的身，白茫茫
像掙脫黑夜的黎明
卻不斷回首

他的身體融入墨色
只有光束集中才能照出隱約的線條

我從他身邊超越
穿過醒與睡的邊界
發覺自己腳步老邁
握住你的手時
卻發出新生的光芒

——《人間福報》，2015年9月15日。

背離的擁抱

如果，貼近是為了撕開
碎裂與陷落，是冬把整條河的開鑿交給春
危險的警語我忽視為歡迎牌
雪花貼成的面膜，被逐漸回春的皮膚掀開
背離轉回頭竟成為擁抱

再一次借光走進妳的幽暗
火種來自妳黯然的眼
我踟躕的心情巍巍點燃，妳眸中逐漸發亮
探索的階梯引我步向，自囚的柵欄

而妳深入我井中僅剩的星光
汲取我逐漸失溫的冰涼
以妳失而復燃的體溫

摒棄曠野裸裎的飛翔，妳關閉我我囚禁妳
十指互貼，思索在掌紋中滲透
交疊的渴望源自滴落的體香
即使現實的刀鋒薄薄切入，逐漸連體的雙掌

之後，春風擁著楊柳淺嚐一池佳釀
我遺漏了妳眼中，因空曠凝聚的風暴
猝不及防

妳轉身將我放逐日夜接壤的邊域
許我劃地一方，小河一泛
醮著星光，書寫坎坷的過往

而後歸來，數不清第幾夜
雪已融盡，只剩月光銀白的偽裝
騙取那搖晃著我們
曾經貼近又仳離的爐火
將一切的可能燃成灰燼

我歸來又離去，離去
又歸來躲入妳隨風的陰影
妳的門始終關閉

妳關閉，因青春飛逝的快馬
載妳奔進聖堂光芒，妳擁著的幸福
散落在秋收的麥田，支解的稻草人
與盡撤守軍荒廢的堡壘

我的魂魄始終，追逐
隔著護城河喚妳，歸來
儘管蒼老了第幾夜，回頭
依然是背離之後
落幕的擁抱

———《創世紀詩雜誌・一七三期》。

橋

總是牽起二地的手
填補鴻溝

月光來訪時
冷眼對看自己
靜靜撕開流水的傷口

———《創世紀詩雜誌・一七九期》。

以前

當一切回到以前
枯葉蝶參禪
竹節蟲入定
我卻撩撥春天
讓爬牆玫瑰一路刺青

回到以前之前
推開一扇扇虛掩的門
翅膀集結烏雲
每一座牆回擊尖銳音

著裝之前，粉飾忐忑心情
每一輛列車
輾碎回程的票根
重返妳的簷下，擺滿花果
無法忍住讓自己肥沃

所有的以前，靜默著春雷
茶樹焚過的灰燼

閉關泥中，等著三月的味蕊
重新回魂

—— 《創世紀詩雜誌・一八一期》。

回家

有時回來
看看那塊牌子
擦擦那面桌子
坐坐那張椅子
偷窺從未見過的曾，曾曾孫子

我總是
離不開這斑剝破落的屋子

—— 《乾坤詩刊・七一期》。

喪偶者

1)

室內暗下來時
聽見內心空曠
懷中的溫度驟降
陽光拋出背巾
綁住黑影
自緊閉的門縫塞進

蛛網層層裹住
我僵臥，在無法叫醒的晨曦中
繼續失眠

2)

守株待兔一個黑盒子
光是妳消失的門嗎？
聽不見的聲音
是妳傳譯的密碼嗎？

劇情依然荒謬
在我內心的角隅不斷走位
我扮演的角色無法安插
拔掉電源
將小小的黑盒子放大
成為我們擁有的房子
妳將開門，迎我進入

——《野薑花詩刊‧十五期》。

阿母（臺語＋國語）

厝邊隔壁攏咧講
阮阿母是菩薩
慈悲的光
是阿母的佈施
披佇艱苦人佮出家人的身
按日本時代披到光復
按光復披到現代
現代是我醒來的夢

夢見阿母予菩薩帶去西天
夢見阿母回頭看我慈祥的目睭
我醒過來，猶原有袂焦的目屎

我醒過來
歲月是根竹竿
穿過我的身體
晾在風雨烈陽的野外
我吸水膨脹，再曬乾縮小
我爬行　立起　邁步向前
自平地築起層層高塔
母親的光自塔尖灑落鼎沸人間
我逐層而下
將自己骨肉散盡

——《吹鼓吹詩論壇二十三號：
　　詩人喇舌語言混搭詩專輯》。

白　靈

作者簡介

　　白靈，本名莊祖煌，1951年生，福建惠安人，現任臺北科技大學副教授。年度詩選編委，曾任臺灣詩學季刊主編五年，作品曾獲中山文藝獎、國家文藝獎、2011年新詩金典獎等十餘項。創辦「詩的聲光」，推廣詩的另類展演型式。著有詩集《昨日之肉》、《五行詩及其手稿》、《愛與死的間隙》、《女人與玻璃的幾種關係》等十一種，童詩集兩種，散文集《給夢一把梯子》等三種，詩論集《一首詩的玩法》等六種。近年介入網路，建置個人網頁「白靈文學船」等十二種（http://www.ntut.edu.tw/~thchuang/）。

耕莘與我

　　1975年9月參加耕莘寫作會，隔年暑假擔任寫作班詩組輔導員，一個月的相處，與眾多學員「打成一片」，從此與耕莘結了不解之緣。1978年才二十七歲，仍處在文學「生澀」期，即奉郭芳贄之命接了寫作班班主任，方知文壇天下大。其後在馬叔禮時期擔任多年詩組導師，《一首詩的誕生》一書的發想因此而生，1985至1998年「詩的聲光」的起源及各項活動基地也均在耕莘。八〇年中成立理事會，接任值年常務理事，安排寫作會各項活動。其後有陳銘磻、黃英雄、黃玉鳳（葉紅）、許榮哲等能人賢士先後加入，發揮各自才能和魅力，才使寫作會能在大起大落間仍踞住今日文壇一角，承接園丁栽種、培育新苗角色。屈指算來，在耕莘出入，竟已越四十年矣。而「誤闖文壇」的陸達誠神父四十年來始終在一旁默默領導、承擔籌措經費重任、守著「文學候鳥灘」，記錄各項爪痕、並始終為眾人祝福，其謙沖溫婉的風範，最具精神導師特質。「雖不能至，而心嚮往之」，與其接觸過者，應皆有這樣反躬自省的「缺塊感」。

　　一個人的成長，豈能不飲水思源？耕莘即是我一生文學志業最重要的活泉。

鐘擺

左滴右答，多麼狹小啊這時間的夾角
游入是生，游出是死
滴，精神才黎明，答，肉體已黃昏
滴是過去，答是未來
滴答的隙縫無數個現在排隊正穿越

風箏

扶搖直上，小小的希望能懸得多高呢
長長一生莫非這樣一場遊戲吧
細細一線，卻想與整座天空拔河
上去，再上去，都快看不見了
沿著河堤，我開始拉著天空奔跑

芹壁村
——馬祖北竿所見

傷口仍在
卻聽不到有人喊
痛，除了海

腥味猶存
但看不見再有一條魚被釣進
盤子裡，除了標語
和吶喊

樑木朽了，爛入自己的
影子裡
還有百戶石牆撐著，說：
有我。除了窗
和等候

一定有一滴血，乾了
還躲在哪塊石縫中
喊渴，而歷史低下身去
卻遍尋不著

故事永遠相同
一盞燈關閉一座村落
一盞燈開啟一座村落

歲月中，浮出一座芹壁村

登高山遇雨

小雨數十行
下歪了　織成數千行
下在山裡
掛起來　像私藏的那幅古畫

下在遠處　模模糊糊
躺著的山猶似隔簾看
乍看是一群
曲線優美的臀
下久了　才看到
白蛇似的小溪逐雨聲
一路嬌喘爬來

碰到撐黑傘的松
躲進傘影不見了

下到最下頭
戴大紅帽的飛亭
沒商量就蓋了章
落款人是亭旁路過的樵夫

下了山
連同雨聲卷起來
插進背後的行囊

陳　謙

作者簡介

　　陳謙，本名陳文成，1968年生，佛光大學文學博士，曾任電視編劇、專業出版經理人，現任教於臺北教育大學語文與創作學系。1992年加入耕莘寫作會，已出版詩集《山雨欲來》（1992）、《灰藍記》（1994）、《臺北盆地》（1995初版；2002再版）、《臺北的憂鬱》（1997）、《島》（2000）、《給臺灣小孩》（2009）等六部。並有散文集《滿街是寂寞的朋友》，旅遊文學《戀戀角板山》）、《水岸桃花源》，短篇小說集《燃燒的蝴蝶》，論文集《文學生產、傳播與社會：解嚴後詩刊選題策略析論》、《反抗與形塑：臺灣現代詩的政治書寫》，文評集《詩的真實：臺灣現代詩與文學散論》等十三部。作品曾獲吳濁流新詩正獎、文建會臺灣文學獎、臺北文學獎、礦溪文學獎等十餘獎項。

耕莘與我

1992年的夏天，我毛遂自薦到前衛出版社工作，那時出版社位居金門街，下班後我的散步地圖就沿著汀州路往公館方向，來到一處叫作耕莘寫作會的地方，只是沒想到一直到2016年的今天，二十四年來始終如候鳥般不時飛回停駐。

在寫作會報名參與黃英雄老師指導的編劇寫作班。1992年的我，當然不知道二十四年後的我會以文學作為志業在大學教書。對當時一位高中畢業生的我，耕莘確實是一座仰之彌高的寫作大學，二十四年來後來我參與的工作包括輔導員、兒童營副班主任、理事、《旦兮》雜誌暨文學叢刊主編、專題講師、導師團等工作。我向白靈老師看齊，自詡為耕莘永遠的義工，也學習白靈老師每年以固定的捐款，贊助寫作會辦理活動。

在辛亥路上，耕莘寫作會總亮起一盞文學溫潤的微光，期待每一位候鳥不時的飛返。

在生命異常脆弱的冬夜

在生命異常脆弱的冬夜
我們的存在
只是證明曾經燃燒
縱然無以照亮世界
但我相信
相信遠在東部海岸的你
仍會抽空帶著孩子
到大平洋濱
告訴他
那海面往來的微光
正逐日喚醒每個天明

在生命異常脆弱的冬夜
我無法控制自己的筆尖
含含糊糊向你傾吐
臺北城的寒冷與漆黑
而我仍在夜裡寫詩
只是不再堅持熬夜
因為太陽昇起
為了生活的需索

我會在編輯桌上反覆校訂
文字的輕薄
那是學生時代
我倆口誅筆伐的共同題材

在生命異常脆弱的冬夜
我慣於回憶
不願面對眼前的一切
想起遠在海鄉的你
正為莘莘學子教授知識的無私
這其間是否有我們曾經的理想
尚未實現的抱負

在生命異常脆弱的冬夜
我試著與世界交談
讓樸拙的文字
誠實描繪群眾的形影
想起你只能悄悄憤怒
用忙碌來拒絕繆司
我忽然高興沒有環境的枷鎖
不用害怕接不到下一張的聘書

在生命異常脆弱的冬夜
我細心點讀

依舊健勁的筆跡
知道你的窘迫與困惑
但叫我該說什麼呢？
一如我自身的工作
從不願向文友透露
只要孕育希望的種籽
就能開出美麗的花朵吧……
我想只能在信末同你共勉
像你經常到大平洋濱
期待曙光的心情

　　──選自《山雨欲來》（臺北：前衛出版社，1992年）。

親愛的學長

都要要感謝你啊
親愛的學長

新訓中心的第一天
你告訴我
服從是軍人的天職

我因為肩負神聖的憲法
從沒敢把它忘懷

親愛的學長
尿禁拳腳也許
不是你的本意
但從那一天起
我更深切明白
明白你也曾經走過我現在的路
過去的憤恨
都在我們身上
找到了出口

「一切都是磨練」
每次見到你挺起鼻樑如是說
我更明白你只是傀儡一具
只是當我們被夜半的口哨聲驚醒時
當信件被拆開當眾宣讀時
我想到家鄉布袋戲的玩偶
他們也有靜靜睡去的迴旋空間啊
感謝你的破口大罵
讓我三代祖宗清醒過來
讓我母親的天賦全部表彰

今天我手握著么六步槍
掌心不斷地滲出冷汗
我有著新兵的專注機警
當學長你那腳步聲遠遠傳來
我的腰身挺直
像一根永不彎曲的電線桿
大聲喊出：
「學長好。」
而你裝做沒聽到
指示待我下哨後寢室報到

報告學長
你用金錢斟酌我的假期
又用你的髒手
撫弄我女友的乳房
那天會客的草坪上
我馬子的一記耳光
還痛嗎？
有沒有打醒你那混濁的腦筋

想起遠在秀水的養父與老母
他們都是勤奮的莊稼人
沒有虛妄沒有暴戾

更不會欺侮善良的好子弟
申訴吧！同志都鼓勵我
只是真理早已蒙上眼睛
弄不好又是一頓痛打

親愛的學長
我實在想不出
用什麼方法回報你。
歸零的靶紙上
雖說常找不到
我的彈孔
但這十一發的實彈啊
我相信在近距離下
仍有希望帶你離開不美的塵世⋯⋯

風在淒淒的吹
雨在緩緩的落
我的情緒終於找回了自己
在你呼痛的那一刻
我也向你學習
把積壓的情緒統統發洩
而我
是不是成就最後的公道了呢？

我仰望長天

沒有神能回答我？

當點三八的槍管指向大陽穴的同時

我知道

永遠不會有人為我辯白的

就像每一起失踪每一起謀殺

永遠都是漂亮的為國捐軀

——選自《山雨欲來》（臺北：前衛出版社，1992年）。

我的名字叫臺生

探親回來的老爸

顯得沈默許多

問起家鄉的種種

他時時便咽地說不出話

有一次黃昏回家

看見屋簷下

他正細心栽種一株向日的葵花

問他下次帶不帶我回去

他只是笑而不答
食指指著土壤裡奮力翻耕的蚯蚓

我的名字叫臺生
從小在眷村長大
老爸說過：
「不要跟那些臺灣孩子玩耍
　因為我們，
　都要回家！」

如今退休的老爸
經常帶回一株株的樹苗
將他們種下
並要我好好呵護
指導我培育的方法
唯一的心願
是希望我像他們一樣
能在自己土地上
硬朗堅實地壯大

——選自《臺北盆地》，

（臺北：鴻泰圖書，初版，1995年）。

（慧明文化，再版，2002年）。

魚罐頭

在曾經擁有的水域裡
你我齊步並肩
遵照規定
在週期性的痛楚裡
用疲累和強迫的記憶
爭取父母笑容的鼓勵
於是我們成長而後茁壯
面對海洋的廣闊
面對漁人的網
面對前所未有生命的轉彎
而殘酷的現實不曾有過標準答案
正義公理只會在暗處獨自放光

這樣也好
自始至終
不用為你我的夢想煩惱
天空仍是無夢的天空

讓我們微笑地
像鋁罐上漂亮的包裝圖案

微笑地掩蓋所有的悲傷
帶著防腐劑
你我共同邁向人類的胃腸

———選自《臺北盆地》，
（臺北：鴻泰圖書，初版，1995年）。
（慧明文化，再版，2002年）。

大雨
———紀念劉煥榮

在你們眼睛的仰望裡
我成為擁有光環的天使
縱然曾是罪無可逭的殺人魔鬼
喜歡標籤嗎？
來，再為我貼上一塊
「英雄」的招牌
站在光亮的舞臺
接受你們聲聲的喟嘆
接受子彈擁抱的熱情

「多少小孩拿你當榜樣
　多少兄弟以你做模範」
啊，整個世界相信我死有餘辜
卻又要求我裝腔作勢……

夜半驚醒，露水
順著冷白欄杆無言滑落
雞啼顯然早了些
窗外雨點簌簌而下
那是土地哀傷的沈吟
是罷？

很多很多人會豎耳聆聽
公理正義的最後裁判
像射精傾刻滿足的神情
像我倒地親吻泥土的溫馨

啊，彷彿看見你們如斯模樣
看到教條與道德的偽善
只有我坦然
面對凌晨五點
錐心的槍響

那是原罪
源自你們善變的愛憎
只有大雨
能帶走我懺悔的血水
在寬闊土壤裡
開一株嫩綠的新芽

——選自《臺北盆地》，
（臺北：鴻泰圖書，初版，1995年）。
（慧明文化，再版，2002年）。

莊華堂

作者簡介

　　桃園縣新屋人，客籍小說家、戲劇、紀錄片導演、地方文史工作者。曾得南投縣、臺北縣小說首獎，吳濁流學獎、巫永福文學獎和國家文學館長篇小說金典獎。著有短篇小說集《土地公廟》《大水柴》《尋找戴雨農將軍》，長篇歷史小說《吳大老》《巴賽風雲》《慾望草原》《水鄉》，及報導散文集《阿堂哥行腳臺灣》……等。

耕莘與我

　　我於1983年進入耕莘寫作會，師從魏子雲、楊昌年、司馬中原、東年等名師等研習小說創作，1987年得第六屆耕莘文學獎小說和散文首獎，之後第七屆以一首不成熟的詩，得新詩類二獎，是我離開校園之後寫的第一首詩。第二首是收於本文的華語詩〈懷孕的大嵙崁溪〉，是我二十

　　幾年前投入石門水庫淹沒區，移民滄桑的調查研究心得。直到近年來因為
學生們組成詩社發行《臺客詩刊》，才陸續寫了幾首臺語詩和客語詩。

看海e心情（臺語詩）
——小記柴山

柴仔山頂那陣毋驚人e山猴
目睭葳葳看著船來船往
伊毋知影山後壁面彼e舊港
卡早叫做旗后

水岸漧仔那隻毋捌字e海鳥
目睭金金看著船來船往
伊毋知影山仔腳彼e舊社
卡早叫做打狗

樹仔腳這個外地來e黑貓
目睭透窗看著船來船往
伊捌聽人講彼片海岸線e主人
卡早叫做馬卡道

小註：2005年冬與友人過柴山，憩於西子灣海濱，背後是多猴子與茂密
森林的柴山，前臨突出於海中的旗后山，以及依稀可見的旗津
港，想起二十二年前拍攝高屏溪紀錄片期間，曾經在吳錦發和蔡
明殿的引領下，踏勘柴山下的馬卡道族打狗故社，以及原名「旗
后」的旗津地區，慨嘆歷史輪轉與族群興衰，乃做此詩。

——「詩人俱樂部」臉書社團，2005年12月。

有身孕个大姑崁溪（華臺客混體詩）

六十歲的徐雲彩，開著他的船（國語）
駛入阿姆坪老頭擺老頭擺个底背肚（客語）

目珠扒洽大大粒（臺語）
是伊九十三歲e阿爸
是伊九十二歲e阿娘

雲彩哥聽到（華語）
他那走路一跛一跛的阿爸
顫慄顫慄的手，指著水中央
這係哐頭擺頭擺个屋，這係哐頭擺頭擺个田（客語）
這係阮卡早卡早e厝，這是阮卡早卡早e田（臺語）

除了青青的山和綠綠的水（國語）
沒有人聽到他的聲音
該兜本地來个長山來个，還有（客語）
從盡遠盡遠个米國來个工程師
到這當陣，老e老走e走死e死…（臺語）

只剩下這一條（國語）
肚屎大嘛隻个大姑崁（客語）

——原為華語詩〈懷孕的大料崁溪〉，
《自立晚報・副刊》，1993年。

石駁路（客語詩）

頭拿犁犁，行過山腳該條路
看到該坵田青青个禾緊拔緊長緊拔緊高⋯⋯

行一步，想到𠊎爸友盛公
行一步，想到𠊎公烈欽公
行一步，想到𠊎太前水公
行一步，想到⋯⋯

這條石駁路行到尾
煞毋記得阿公太佬太公太，按到麼个名？
跋上大石卵結起來个打牛崎

正想到乾隆32年長山過臺灣唯个來臺祖
係供下八大房傳下千隻孫个德大公

頭拿犁犁，行過崁頂這條路
看到這坵田青青个草緊拔緊長緊拔緊高……

——《臺客詩刊・第二期》，2015年12月。

石駁路（華譯）

頭低低的，走過山腳那條路
看到那坵田青青的稻禾越長越長越長越高……

走一步，想到我爸爸友盛公
走一步，想到我阿公烈欽公
走一步，想到我阿太前水公
走一步，想到……

這條石駁路走到底
竟然不記得阿公太和太公太，叫什麼名字？

爬上大卵石砌起來的打牛崎
才想到乾隆32年唐山過臺灣我的來臺祖
是生下八大房傳下千個孫的德大公

頭低低的，走過山腳那條路
看到這坵田青青的野草越長越長越長越高……

洪崇德

作者簡介

　　洪崇德，嘉義人，「然詩社」社員，耕莘青年寫作幹事會成員，淡江大學微光現代詩社創社社長。目前為淡江大學中國文學研究所碩士生，並與友人共同經營有粉絲專頁：「每天為你讀一首詩」。

耕莘與我

　　幾年前加入耕莘這個大家庭，一直很感謝這裡所有的人。我在這裡認識了許多極好的夥伴，不只是生活上，和寫作上。實在很難多說什麼感言，加入耕莘是我過去幾年來最正確的選擇。

疑惑

一顆網球滾到我面前⋯⋯

馬路另一側
有人向我招手
臉上掛著笑
像那個等了我十分鐘的女孩
在圍欄的後面

球來到腳邊
我有一雙手
背上有一支球棒
可能還有網球拍
需要的話
加上一雙腿

我把球撿起
不知道怎麼還給他

文學獎評審的一日

門縫間的陽光越收越小
你西裝筆挺，走進教室一身人造光
這人是——我暗暗假定，
一個文學獎評審吧你？
面對的可能是三大報、地方
或全國學生（公正如你，審美標準一致）
高級的一日打工，無經驗不可
具專業素養與人脈，唉呀高高在上
俯仰皆是氣度，這樣的人
會怎生看待我的詩？我猜猜
首先該談談意象吧，這是最安全的了
抵達前就先把詩稿看過
兩次三次了。有些地方不懂，擔心講錯
但當面總要給些交代，沒關係
可以的話用文明來說服我，從理論
轉嫁脈絡上談是很保險，語焉不詳
學院派擅說幾句人生哲理，這樣不夠
不如穿插一點音樂性，關於節奏的想像
置入前人的系譜何其輕易，接下來
談談文學的內涵和社會價……等等等等

時間快到了老師，不如⋯⋯
好的我們看下一首，下一首再下一首
看完就可以試著給分。那時
面對這首真假難分，大好大壞的作品
你願意不恥下問，還是為我悍然發聲
毫不在意我的履歷和性向？
好吧假如上面都是假問題
假如把文學秤斤秤兩這樣可笑
假如在有限的字行數和截稿日前
我已無能寫出更好的詩

悲劇

我想我也懂

記得脫鞋
如果你還打算進來

地板上沒有灰塵
我打掃過了

原先的風水有些問題
家具我搬動過
床前有鏡子
每晚正沖我們的魂魄
沙發跟床位置對調
……
這些都解決了
我們只剩下一個問題

書桌上空了的卡斯特
抽屜裡囤積的002
冰箱裡過期的酒
垃圾我還沒分類
晚點再處理

浴室裡剩下兩支牙刷
一支我的
一支與我無關

朱　天

作者簡介

朱天，1983年生於高雄。臺師大國文系、臺大臺文所畢業，現為政大中文博士，師承柯慶明先生。文學創作受楊昌年教授等人啓蒙，曾獲臺大文學獎、師大文學獎及全國學生文學獎等比賽肯定；另著有《真全與新幻——葉維廉和杜國清之美感詩學》、《野獸花》。

耕莘與我

約莫是大一或大二的某個午後，我小心翼翼地拿著自己粗糙的作品，走向坐在石椅上的楊昌年教授，大膽地向素未謀面的他，請求指教；就這樣，開啓了我學習創作的道路。而後，隨著老師到耕莘文教院開課，我也終於能光明正大地坐在教室內，聆聽現代詩、散文與小說等各項文藝創作的獨家祕訣——如今，適逢耕莘五十週年，有幸稍稍參與的我，謹以誠

摯的心，祝賀耕莘文教院生日快樂；願更多有志於文學創作與欣賞的同好們，也能在此找到適合自己的園地，讓夢想的果子抽芽茁壯、結實纍纍。

悼影

昨日的汗水不夠貴重
買不起璀璨明天
停步　當湖光終於靜止
心住進發亮屋宇
顛倒過夜

蜜之等待，閃電之須

整棟宇宙的燈，此刻皆環繞在妳的瞳仁
溫暖而恆定，如一顆小小而稚嫩的星
相隔只有半片黑夜的另一雙眼
露水在眉下凝結成限量的珠，等待反射
等待散發同節奏的光

幸福如果有劇本，妳說
腳步的顏色該如何踩踏：
探戈，璀璨炫亮

進退之間，循環來去
華爾滋的韻律，是此刻季節交替的軌道
比賽始終繼續，分數依舊累計
過往斑駁，今日汗漬
神所調配之祕方，以驚喜的角度添入
幸福之味
如一杯清澈又濃烈的釀

追逐蜂蜜的熊，無法放棄
再次尋美的眺望
兔子捧起酒杯，優雅喝下春日
相信花果的等待
相信閃電之必須

紙蝶夢

土黃的紙在火爐盛開
一朵紅到無法直視的玫瑰
如同一切的愛
甜美，帶刺

方形的紙蛻變於陰影
一盞蓮花，生於今世的污泥
心頭滿佈的稜角
漸漸蜷曲成含蓄的花瓣
燃燒最後的溫暖

輕薄的紙在光中老去
僵硬成蒼白的珊瑚
爐壁之外，酷日依舊肆虐
直到春風起，此生飛揚成灰
飛成點點粉蝶
尋覓，彼岸之夢

車過黃昏

八月的汗，昇華成天空
飄灑的珍珠
淋漓過後，霓虹的氣味一如
半杯放涼的紅茶與街口叫賣的烤香腸
雲，任性流動成一尾害羞的魚

與水相忘，不復討論
關於你是否窺知我
快樂的源泉
公路飛行
車窗靜靜拉扯夕陽
不放

老王

老酒宜慢飲，在相片越多電話越少房屋越大窗戶越小的夜
切兩盤回憶三碟藉口與影子共謀一醉
（的的確確，夜來香在風起的陽臺蒐證）
大氣磅礡的笑聲震落電視機裡八股的悲劇……
遙控器隨唾液緩緩下墜
傷痕，隱隱作夢

在你無法放聲高歌與怒罵之後
宇宙瞬間壓縮為社區圖書館至臥房的偉大疆域
不顧眾人直諫你堅持跨上以排煙管喘氣的紅駒
閱報如閱兵：知識、八卦、新聞、奇談，準時上朝

洞察時代痼疾社會隱患並以此註解家中那本始終難唸的經：
「後悔
太早讓他看見天空」儘管音響堅持現場演唱
二十年前流行的旋律：得意地笑我得意地笑但不知如何
否認灰塵與枴杖的必然關係──呼吸之內
戲院之外，是否真有
一輪膠捲，無盡……

花，被綁在春聯的頂端乾燥永存
和煦秋陽鑲嵌成客廳地板最肥嫩的畫
風從微破的藍天釣起骨子裡不肯屈服的刺
雨落成夜
香，不請自來

過後

請原諒我不敢回頭
對話表面早已霉花綻放
風，倒灌自廢棄的鼻道
吹襲如獸，吞噬你掌中之火

胸膛之劍
幸好你還能降伏頑固粉末，在杯中
挖——量。攪。泡……
「這是今日唯一的糧」
你比半滿的奶還瘦

陽臺花瓣紛飛成蒼寒之眼
故鄉寒梅落
都市的夕陽頹然傾斜
如同每一道背影終將消失於地平線
扔下晚報，堅持不用梯子與同情
你獨自替今年的春天換一張新亮的臉
抬頭紋裡卻捧出縷縷新開的紅漆

在攝取過量醣類與血壓之後
五指的顫抖漸漸趕上時間的躍頻
眼球漏氣：白白白白白白白
世界，淹沒於無彩的海

雪
……下了
把燈轉暗些
當他爬過長長的階

楊宗翰

作者簡介

　　楊宗翰，1976年生於臺北，佛光大學文學系博士，曾任《文訊雜誌》企畫總監等職，現為淡江大學中文系專任助理教授。著有評論集《臺灣新詩評論：歷史與轉型》、《臺灣現代詩史：批判的閱讀》、《臺灣文學的當代視野》、詩合集《畢業紀念冊：植物園六人詩選》，主編《逾越：臺灣跨界詩歌選》、《跨國界詩想：世華新詩評析》等書。作品入選《中華現代文學大系II》（詩卷、評論卷）、《臺灣文學三十年菁英選：評論三十家》等。

耕莘與我

　　每個人都有自己的「耕莘」，我的耕莘開端很熱血青春，結尾卻不免感傷。高三首度進入耕莘寫作會，投稿文學獎、參加文藝營、當過輔導

員、演出詩的聲光、追到某任女友、認識一批寫作同好，甚至因此還膽敢跟已享文名的凌明玉、管仁健等以「同學」相稱，這些都源於耕莘的惠賜。連升大學時與一群同齡朋友創辦「植物園現代詩社」，都是向耕莘商借寫作小屋作為首次集會地點。有幸接受楊昌年、白靈、陳銘磻等多位老師悉心指導，至今感念；但如師如姐的葉紅突然選擇離開人世，也讓我斷了與寫作協會的最後聯繫──現在想來，實在遺憾不已。

欲言

架上曬滿胸衣與舌頭
他們想找話說

我羞得緊低著頭
渴卻說不出口

月興

月出
　　　驚
　　山
雪

寒僧推敲已久的
　　那滴淚
　　　仍卡在
候鳥燥熱底喉頭

搖頭詩
——復樂園傳真

在我年輕的飛奔裡
藥丸是迎面而來的風

晚風在人聲下開舞，哨聲在電音裡鼎沸
那掉落一地的青春和螢光棒就要溢過項頸
　　　　　　　　（遲遲無人出頭認領）
夜是那麼地短，幸好生命還能長過左右搖擺的間距⋯⋯

只求時間變成一條永遠擰不乾的毛巾
有水滴　滴　　滴　　　滴入嘴裡
渴啊！渴望宇宙是座巨大泳池
我們都是水滴，輕輕接觸便狂喜溶為一體
溶去統獨、性別與階級
溶入愛和失憶⋯⋯

倚著吧臺，我也腐朽了
變成一截漏水不舉的詩筆
只是健康了些
休閒了些

學院詩人你是

學院正在生長——
於你濕軟軟的腹腔。

其實是原子筆撐開了胸膛
藍墨水團團圍困
一顆猶豫躑躅的心臟
　　（黯紅而微小，在暴戾的海洋）

為了求援你急急忙展示
身體的變化，寂寞大街上
—都—是—人—：
　　人人拘謹地微笑
　　人人優雅地走掉

幸福，嚴禁出口

「掛電話是為了不想見妳
　不想見妳是為了想見到妳」

這些話比生活淡，比紙鈔輕
離美一大段距離且比詩乾淨
（如一粒軟糖依戀口舌喉鼻
　——想像是妳）

不顧心頭豪雨
我將堅持如頑石般拒絕剝落的話語
手持僅存龍骨的殘傘
在人間行吟，眾多無關係的字句……

冬至

紅潤的知識份子們
排排坐下

有人，窗外有人
　——人不是話題的中心

「烘焙一杯咖啡的熱氣
　得投入幾磅冰涼的硬幣？」

問題如此實際、耗時而精細；如此
一壺沸水灌頂，滋沃他們的貧瘠夢境

答案

星為誰灑
路為誰凝

橋為誰駐足
河為誰迂曲

燭炬為誰著妝
月色為誰成熟

水缸為誰鎮定
照片為誰而活

髏目為誰空洞
心為誰涸

詩人為誰提問
城市為誰回答

語言文學類　PG1608　耕莘文叢02

耕莘50詩選

主　　編／白靈、夏婉雲
校　　訂／黃惠貞
責任編輯／盧羿珊
圖文排版／周妤靜
封面設計／陳明城、陳德翰
封面完稿／蔡瑋筠

發 行 人／宋政坤
法律顧問／毛國樑　律師
出版發行／財團法人耕莘文教基金會、秀威資訊科技股份有限公司
　　　　　114台北市內湖區瑞光路76巷65號1樓
　　　　　電話：+886-2-2796-3638　傳真：+886-2-2796-1377
　　　　　http://www.showwe.com.tw
劃撥帳號／19563868　戶名：秀威資訊科技股份有限公司
　　　　　讀者服務信箱：service@showwe.com.tw
展售門市／國家書店（松江門市）
　　　　　104台北市中山區松江路209號1樓
　　　　　電話：+886-2-2518-0207　傳真：+886-2-2518-0778
網路訂購／秀威網路書店：http://www.bodbooks.com.tw
　　　　　國家網路書店：http://www.govbooks.com.tw

2016年7月　BOD一版
定價：320元
版權所有　翻印必究
本書如有缺頁、破損或裝訂錯誤，請寄回更換

國家圖書館出版品預行編目

耕莘50詩選 / 白靈, 夏婉雲主編. -- 一版. -- 臺
 北市 : 秀威資訊科技, 2016.07
　　面；　公分. -- (語言文學類；PG1608) (耕
 莘文叢；2)
　　BOD版
　　ISBN 978-986-326-381-4(平裝)

831.86　　　　　　　　　　　　105009254

讀者回函卡

感謝您購買本書，為提升服務品質，請填妥以下資料，將讀者回函卡直接寄回或傳真本公司，收到您的寶貴意見後，我們會收藏記錄及檢討，謝謝！如您需要了解本公司最新出版書目、購書優惠或企劃活動，歡迎您上網查詢或下載相關資料：http:// www.showwe.com.tw

您購買的書名：_____

出生日期：_____年_____月_____日

學歷：□高中 (含) 以下　　□大專　　□研究所 (含) 以上

職業：□製造業　□金融業　□資訊業　□軍警　□傳播業　□自由業
　　　□服務業　□公務員　□教職　　□學生　□家管　　□其它_____

購書地點：□網路書店　□實體書店　□書展　□郵購　□贈閱　□其他

您從何得知本書的消息？

　□網路書店　□實體書店　□網路搜尋　□電子報　□書訊　□雜誌
　□傳播媒體　□親友推薦　□網站推薦　□部落格　□其他_____

您對本書的評價：（請填代號　1.非常滿意　2.滿意　3.尚可　4.再改進）

　封面設計____　版面編排____　內容____　文／譯筆____　價格____

讀完書後您覺得：

　□很有收穫　□有收穫　□收穫不多　□沒收穫

對我們的建議：_____

_____

_____

_____

11466

台北市內湖區瑞光路 76 巷 65 號 1 樓

秀威資訊科技股份有限公司　　　收

BOD 數位出版事業部

....

（請沿線對折寄回，謝謝！）

姓　　名：＿＿＿＿＿＿＿＿＿　年齡：＿＿＿＿　性別：□女　□男

郵遞區號：□□□□□

地　　址：＿＿＿＿＿＿＿＿＿＿＿＿＿＿＿＿＿＿＿＿＿＿

聯絡電話：(日) ＿＿＿＿＿＿＿＿＿＿　(夜) ＿＿＿＿＿＿＿＿＿＿

E-mail：＿＿＿＿＿＿＿＿＿＿＿＿＿＿＿＿＿＿＿＿＿